말남의 방

말남의 방

오은희 소설집

bookin

Contents

딸꾹질 7

말남의 방 33

눈 위, 돋을새김 55

귀족세탁소 81

아버지의 섬에서 길 찾기를 종료하다 107

홍천강 129

교집합을 닮은 153

목격자를 찾습니다 177

해설 **침묵과 발화, 고통과 연대** | 김나정 200

작가의 말 215

딸꾹질

딸꾹질

툭툭툭, 슥슥슥슥. 또다시 시작이다. 위층에서 들려오는 저 소리. 벌써 며칠째다. 처음에는 둔탁한 무엇인가가 서로 부딪치는 소리로 들리더니 곧이어 쉬지 않고 돌아가는 기계음으로 변한 다음, 그것은 멈추지 않았다. 바로 머리 위에서 들려오는 듯한 소리에 여자는 오늘도 눈을 뜬다. 불을 켜고 시계를 보니 6시를 조금 지나 있다. 새벽 세 시가 넘어 잠들었으니, 겨우 세 시간 남짓 꿈속을 헤매다 깨어난 것이다. 한쪽 머리가 무엇인가로 쿡쿡 찌르듯 쑤신다. 소리는 어김없이 이른 아침에 시작된다.

여자가 사는 아파트 단지는 신도시의 새로운 택지지구에서 조금 떨어진 곳에 있다. 한 층에 여섯 가구가 나란히 늘어선 복도식 구조는 그녀가 일부러 택한 항목이기도 했다. 두 집이 마주 보는 구조는 부담스러웠다. 마을버스도 없고 상가 조성도 안 되었지만 여자는 아파트를 둘러싸고 있는 산과 숲이 좋아서 이사를 했다. 대신 감수해야 할 것이 있는 아파트였다. 특히 층간 소리들을 흡수하지 못해 그녀는 위층의 핸드폰 진동소리까지 들어야만 했다.

여름이 끝나가고 있었다. 여자는 오슬오슬 한기를 느낀다. 18층인 그녀의 집은 벌써 서늘하다. 25층짜리 아파트 여섯 동에 에어컨 실외기 수가 몇 안 되는 것도 다른 곳보다 몇 도 정도 낮기 때문일 것이다. 장롱 깊숙한 곳에서 줄무늬 카디건을 꺼낸다. 몇 년 전 남편이 백화점에서 사온 것이다. 크림색 지방시 가방과 함께 그 옷을 헌옷수거함에 넣어버릴까 생각했다. 하지만 카디건은 간절기에 요긴할 것 같아 그냥 장롱 속에 넣어두었다. 카디건을 덧입고 여자는 소파에 눕는다. 뽐이가 그녀 곁에서 꼬리를 흔든다. 여자가 누운 채 미동도 하지 않자 녀석은 그녀의 가슴팍 이쪽저쪽을 넘어다닌다. 밖으로 나가자는 뜻이다. 며칠째 수면 부족인 그녀는 누워만 있고 녀석은 배변을 참고 있다. 종이 패드 위에 노랗게 오줌만 몇 방울 떨어뜨려 놓았을 뿐이다. 여자의 남동생은 강아지를 주며 기쁨이란 이름을 붙여주었다. 혼자 있는 누나에게 별달리 기쁜 일이 일어나지 않으리란 걸 짐작해서일까. 뽐이 녀석은 주인의 깔끔함도 훈련받았나 보다. 그냥 집안 어디에다 싸놓으면 치워줄 텐데 여자를 힘들게 한다.

여자는 배변봉투와 목줄을 챙겨 집을 나선다. 산책로를 걷다보면 뒷산으로 오르는 길이 있다. 하얀 페인트가 칠해진 벤치가 산까지 이어졌다. 시공회사에서는 층간소음보다 조경에 신경을 더 쓴 듯하다. 조금 오르다보니 간벌한 나무들이 여기저기 누워 있다. 불그죽죽한 잎과 가지를 늘어뜨린 채 초췌한 주검의 형상이다. 적당한 간격으로 서 있는 나무들은 곁에 누웠거나 기대 있는 간목들을 내려다보고 있다. 여자는 솎은 나무들을 바라보다 딸꾹질을 했다. 못 볼 걸 본 것도 아닌데 난데없이 딸꾹질이 터지다니……. 나무의 베인 단면이 시커멓게 말라가고 있다. 여자는 윤희를 떠올렸다. 엊그제 클릭해 보았던 윤희의 '미학수첩'엔 또 한 움큼의 스팸 광고가 쌓여 있었다. 누가 그곳까지 찾아올 것이라 믿는지 오빠를 찾는 광고성 댓글도 주르륵 달려 있다. 악성 댓글과 스팸이 제거되지 않은 그곳은 먼지뭉치가 바람에 쓸려다니는 한겨울 골목 같았다. 주인 없는 블로그도 장례식을 치러야 했다. 딸꾹질은 한번 시작되면 금방 멈추지 않았다. 가슴에 묵직한 뭔가가 걸린 느낌이 들거나 숨고르기가 제대로 되지 않으면 여자는 딸꾹질을 해댔다. 횡격막의 이상증후군은 그날 이후 시작되었다.

2년 전 여름 어느 날, 폭우로 만해문학관 행사가 취소되었다. 야외무대는 비에 젖었고 대금 산조 공연도 할 수가 없었다. 강원도 일대는 홍수가 났다. 여자는 비 오는 경포대로 간다는 단원들과 헤어져 서울로 돌아왔다. 일정이 앞당겨져 일찍 돌아간 집에서 여자는 이상한 걸 보고, 이상한 소리를 들었다. 정갈했던 식탁 위에는 먹다 남은 배달음식 그릇들이 어지러웠고 싱크대 위엔 소주와 맥주병들이 즐비했다. 소파 위에는 빨간 지방시 가방이 아무렇게나 던져져 있었다. 그 가방은 여자가 윤희의 생일에 선물로 준 것이다. 색깔만 다른 걸 두 개 사서 여자는 크림색, 윤희는 빨간색을 가졌다. 소파 너머 반쯤 열린 남편 서재에서 무슨 소리가 들려왔다. 그 소리는 분명 남편과 윤희의 목소리였다. 웅얼거리고 달래는 듯한 말투. 귓가에 감겨드는 교태 어린 숨소리. 여자는 가슴이 내려앉았다. 그 충격은 서울로 돌아오는 길에 보았던, 강둑이 무너져 황토빛 물이 강물 속으로 쓸려 내려가는 속도로 그녀에게 다가왔다. 남편은 학생들의 졸업여행 인솔자로 제주에 간다고 했었다. 여자는 자리에 얼어붙은 채로 꼼짝할 수 없었다. 그 순간 그곳에서 무엇인가를 확인해야 했다. 하지만 그렇게 하면 자신이 너무 비참해질 것 같았다. 여자는 돌아나와 비가 내리는 골목길로 내달렸다. 딸꾹질이 쉼없이 쏟아졌다.

뽐이 녀석이 배변을 할 시간이 지났는데 계속 풀숲에 코를 대고 돌아다닌다. 녀석과의 산책을 끝내고 돌아가서 다시 잠을 청해봐야겠다. 아침 일상이 시작되면 툭툭툭, 슥슥슥 소리는 다른 생활소음에 묻혀 들리지 않을 것이다. 나무둥치에 기대서서 이제 그만 내려가야겠다는 생각을 하는 사이 뽐이 녀석이 잡풀 사이를 훌쩍 뛰어넘어 내달렸다. 줄을 놓친 여자는 뽐이를 쫓아갔다. 이른 아침이라 채 마르지 않은 이슬에 바지 아랫단이 젖는다. 산은 보기보다 가파르다. 아파트에서 조성해놓은 소나무 숲을 지나 산 중간쯤에 이르러 뒤를 돌아보니 해가 떠서 사위가 환해진 속으로 여자가 사는 104동이 저만치 내려다보인다. 그녀는 가쁜 숨을 고른 후 잔변을 보고 있는 뽐이를 불렀다. 녀석은 그제야 흡족한 듯 꼬리치며 다가온다. 딸꾹질은 어느새 그쳐 있었다. 이제껏 산중턱까지 와본 적이 없었는데, 그곳에는 대나무들이 저희끼리 기대어 왼편으로 혹은 오른편으로 기울어져 흔들리고 있었다. 찔레 넝쿨도 같이 엉키어 무리를 이뤘다. 바람이 불자 사각거리는 댓잎소리가 들린다. 여자는 눈을 감고 그 소리를 듣는다. 청공 소리가 들리는 듯하다. 청아하면서 한을 토해내듯 심금을 울리는 그 소리가 그녀의 폐부를 찌른다. 취구에 입술을 대는 순간을 생각하자 속눈썹이 파르르 떨린다. 조용히 눈을 뜨니 대금 소리의 여운이 귓가에 가득하다. 그 소리는 가슴을 후벼파며 전신을 휘감아돌기 시작한다.

대학병원 지하, 장례식장 입구에 걸려 있는 전광판에는 고인들의 이름과 빈소 번호가 돌아가며 표시되고 있었다. 86세 할머니 영상 뒤를 이어 활짝 웃는 윤희 얼굴이 나타났다. 어쩌자고 저렇게 눈이 부신 모습을 영정 사진으로 쓴 것인지……. 자연사한 노인이나 병든 얼굴들 사이에서 윤희는 단연 돋보였다. 여자는 두 손바닥에 얼굴을 묻었다. 스물일곱, 명멸하는 전광판에서 여자를 향해 환하게 웃는 윤희의 영혼은 그녀를 장례식장에 들어서지 못하게 했다. 여자는 윤희 얼굴 앞에서 몸을 떨며 딸꾹질만 해댔다.

윤희는 남편의 제자였다. K대학 미학과 강사로 춘천과 천안으로 출강하던 남편이 수도권의 한 대학에 자리를 잡자 윤희는 그 대학원으로 진학을 했다. 마침 세 번째 재혼으로 춘천에 갔던 윤희 엄마가 서울로 다시 돌아가자고 했기 때문이다. 윤희는 '엄마는 재혼으로 한몫 보는 여자'라고 말하며 과장되게 웃었다. 마트 남자에게 커다란 과일 바구니를 들게 하고 집으로 찾아온 윤희. 여자가 좋아하는 달짝지근한 망고 향이 그들보다 먼저 집안으로 들어섰다. 여자가 망고를 좋아하는 걸 윤희는 이미 알고 있었다.

"교수님은 선물 같은 건 절대 받지 않으세요. 그래서 이렇게 실례를 무릅쓰고 찾아왔어요."

윤희는 어떤 식으로든 감사 인사를 하고 싶었다며 여자에게 다가왔다. 하얗고 동글동글한 얼굴에 눈코입이 오목조목 붙어 있었다. 어려 보이는 얼굴과는 달리 키는 무척 크고 다리가 유독 길어 보였다. 광대뼈가 콤플렉스였던 여자는 윤희의 통통한 얼굴과 붙임성 있는 성격이 마음에 들었다. 윤희는 남편이 없을 때 종종 집으로 찾아오곤 했다. 남편은 윤희가 똑똑한 애라고만 말했지 별다른 얘기는 덧붙이지 않았다. 그런데 2년 전 그날, 윤희는 남편 서재에 있었다. 남편과 단 둘이 말이다. 그 이상한 소리와 함께.

여자의 긴 머리가 바람에 날린다. 대나무에 스며든 바람은 날리는 화선지처럼 그녀의 볼을 쓰다듬는다. 바람 속에 시나위 소리가 여울져 흐르고 있다. 여자는 가지런하게 입술을 모아본다. 예술고등학교에서 대금을 전공한 그녀의 소리는 고교와 대학의 스승들에게 두루 칭찬을 받았다. 국악 프로그램에서 들었던 대금의 속청 소리는 어린 그녀를 단번에 매료시켰다. 좌우 대칭으로 반듯하고 깊은 여자의 인중은 고른 이와 함께 좋은 소리를 내는 조건에 딱 들어맞았다. 대금 소리는 억새 잎의 마른 잎맥을 스치고 가는 가을바람 소리 같다. 대금의 몸은 소리를 만들고 그 떨판의 울림은 바람을 부르는 호흡을 타고 흐른다. 하지만 그날, 남편과 함께 있던 윤희의 목소리를 들은 후 여자의 호흡은 안정적이지 못하고 거칠어졌다. 대금은 부드럽고 고운 소리를 낼 때는 한없이 여린 악기지만 조금만 호흡 조절을 잘 못하면 거칠고 드세졌다. 그녀의 불규칙한 호흡과 난데없이 터지는 딸꾹질은 대금 소리를 조절할 수 없게 만들었다. 조심스럽게 평조로 시작해보지만 계면조 부분에 가면 횡격막의 수축이 여지없이 연주 호흡을 막았다. 여자는 영영 대금을 불 수 없을지도 모른다는 생각이 들었다.

대학을 졸업하고 시립 국악예술원 소속 단원이 되어 공연을 하던 중, 남편의 프러포즈를 받았다. 대학의 문화행사 기획자였던 그는 여자의 대금 산조 소리를 극찬했다. 정악과 산조의 소리를 구별할 줄 알았던 섬세한 남편. 여자의 윤기나고 풍성한 머리카락을 좋아한 그는 그녀의 머리카락에 손가락을 넣으며 말했다. 아무 일도 아니다, 기상 상태가 좋지 않아 졸업여행 일정을 서울에 있는 호텔에서 세미나로 대신했다, 그 다음 우리 집에서 뒤풀이를 한 것이다. 다른 대학원생들과 함께 있다가 윤희가 엉망으로 취해 남아 있던 것이라고 했다. 그러니 아무렇지 않게 넘어가줄 수 없겠느냐. 여전히 당신을 사랑한다. 그가 내뱉는 말들이 허공에서 부서졌다. 여자는 남편의 손길에 소스라쳤다. 더 이상 그를 믿을 수가 없었다. 그날, 여자가 도어록을 열고 집안에 들어섰을 때 들었던 남편의 다정한 목소리와 그 사이사이 들리던 흐트러진 윤희의 목소리. 남편은 여자의 과민한 반응이 만들어낸 환청이라고 몰아붙였다. 그것이 윤희를 깨우기 위한 소리였다나. 여자가 소리에 얼마나 민감한지 누구보다 잘 아는 남편이 그녀를 신경증적인 존재로 몰아갔다. 여자는 남편의 목소리도, 냄새도, 무엇보다 거짓말을 하는 입 모양이 싫었다. 남편은 그녀의 이혼 요구를 거부했다. 대학 기획실의 보직 발령을 기다리고 있던 그에게 제자와의 스캔들이나 이혼은 치명적인 것이었다. 하지만 여자는 단호했다. 다행히 그들에겐 아이가 없었다.

경비실 입구에 여자들이 모여 있다. 그녀들은 현관으로 들고나는 사람들을 하나하나 뚫어져라 쳐다본다. 뽐이를 데리고 걸어오는 여자에게 역시 같은 눈길을 준다. 그 중에는 아파트 상가 하나마트의 주인 여자도 있다. 그녀는 여섯 동 주민들의 신상을 꿰고 있다. 몇 동에 사느냐로 시작되어 나중에는 물건 하나 살 때마다 한 가지씩의 질문을 해댔다. 몇 호에 사느냐, 남편은 뭐하는 사람이냐, 애가 몇 학년이냐, 입고 있는 그 옷은 어디 것이냐는 얘기까지. 처음에는 그냥 대충 둘러댔지만 얼마 후부터 여자는 인근 도시에 있는 대형 마트에 가서 생필품을 사오거나 인터넷 쇼핑몰을 이용했다. 마트 여자가 말을 건다.

"뽐이 엄마도 104동에 살지예? 요즘 새벽에 무슨 소리 못 들었능교?"

강아지 이름이 뭐냐고 물어서 가르쳐주었더니 마트 주인 여자는 여자를 꼭 뽐이 엄마라고 한다. 마트는 남편에게 맡겨놓고 그녀는 부녀회 일이며 통반장 일까지 도맡아하고 있다.

"소리 말인가요? 안 그래도 그것 때문에 며칠째 잠을 제대로 못 자는데요."

여자는 소리라는 말에 반가움이 밀려왔다. 마트 여자는 눈을 가늘게 뜨며 고개를 주억거린다.

"그라모, 그 소리가 참말이네. 도대체 누가 내는 소리고?"

마트 여자는 사람들이 여자와 같은 고민을 하고 있다는 걸 알려주었다. 도대체 어디에서 나는 소린 줄 알아야 항의를 하든지 주의를 주든지 할 텐데 통 모르겠다는 것이다. 그렇다고 여자들이 떼로 뭉쳐 가가

호호 묻는 이 방법은 아닌 것 같다.

뽐이 목줄을 바투 잡고 자리를 벗어나자 뒤에서 그녀를 두고 설왕설래다. 아줌마니, 혼자 사는 여자 같다느니 하니까 누군가는 아냐, 남편이 대학교수래. 저 여자는 연주하는 사람이고……, 라며 마트 여자에게 대충 둘러댄 여자의 전력을 말하고 있다. 여자의 현재를 알고 있는 사람은 아무도 없다. 하긴, 여자 자신도 지금 같은 상황이 올 줄 알지 못했다. 삶의 복병은 언제, 어디든 있게 마련이다. 교수 남편에, 미국이나 유럽으로 공연 다니던 2년 전을 생각하면 지금의 그녀는 유배라도 와 있는 듯 힘겹다. 그렇다. 이곳은 여자 스스로 택한 은둔지이다.

1층 엘리베이터 앞에 섰는데 커다란 캐리어를 밀며 트레이닝 차림의 여자가 요란한 발소리로 다가왔다. 저녁 늦은 시간 복도 쪽으로 난 작은 방에서 책을 읽고 있노라면 유난히 크게 들리던 발소리. 그때와 영락없이 일치하는 소리다. 발소리는 여느 여자들의 그것과 다르다. 발뒤꿈치에 힘이 실린, 바닥에 한번 더 자신의 발자국을 각인시키는 듯한 소리다. 그 여자의 신발굽 높이를 본다. 족히 20센티에 가까울 정도이다. 그래서인지 엘리베이터가 내려오기를 기다리는 그녀의 키는 캐리어를 사이에 두고 서 있는 여자보다 머리 하나는 더 있어 보인다. 트레이닝 차림의 여자는 발톱에 블랙페디큐어를 했다. 다리가 길어 보이는 것이 윤희와 닮았다. 나이도 비슷하거나 한두 살 아래겠다 싶다.

검은색 발톱이 뽐이를 내려다본다. 아니, 뽐이에게 눈길이 닿기 전에 여자를 보았는지도 모르겠다. 엘리베이터 안에 베르사체 향기가 진하다. 남편이 해외 세미나에 다녀올 때면 사다주던 향수 목록에 베르사체

브라이트도 있었다. 진한 플로럴 향이라 여자는 좋아하지 않는다. 베르사체가 19층 버튼을 누른다. 검지의 블랙스톤 네일아트가 눈에 들어온다. 손톱마다 블랙 아이템이 달랐다. 뺌이의 목줄을 그러쥐고 있는 여자는 엘리베이터 속에서 짐짓 다른 곳을 본다. 향수 냄새를 맡지 않으려고 호흡을 멈춘다. 잘 참다가 10층쯤에 이르러 여자의 호흡이 딸꾹질과 함께 터져버린다. 뺌이를 보고 있던 베르사체가 의아한 시선으로 여자를 본다. 그녀는 곧이어 괜찮으세요, 라고 묻는다. 여자는 고개를 끄덕이고 18층에 도착해 뺌이를 안고 내렸다. 곧이어 19층에서 엘리베이터 열리는 소리가 들리고 캐리어 가방 끄는 소리가 여자의 집 바로 위에서 멈춘다. 그리고 곧이어 번호를 누른 후 현관문 닫는 소리가 둔중하게 복도를 울린다. 베르사체는 그녀의 바로 위층에 사는 것이다.

엊그제 찾아갔을 때 비어 있던, 그곳에 사는 베르사체. 그녀는 인터폰 화면으로 여자를 보았을지도 모른다. 어쩌면 가늠구멍으로 여자의 얼굴을 관찰하고 문을 열어주지 않은 게 아닐까. 아파트엔 소리들이 가득 떠다니고 그것들은 온통 여자의 신경돌기들을 곧추세워 놓았다. 소리가 잠잠해져도 여자는 잠들 수가 없다. 책을 펼쳐보지만 글자가 눈에 들어오지 않는다. 그럴 때면 여자는 대금 케이스를 열어 입술에 대본다. 하지만 청공에서 갈대가 서걱거리며 내는 소리는 지공을 만지는 여자의 손을 멈추게 했다. 그리고 연이어 시작되는 딸꾹질. 의사는 자율신경이나 위 기능엔 이상이 없다고 했다. 횡격막을 조절하는 근육이 훼손된 것도 아니니 여자의 경우는 정신적인 문제 같다며 그 쪽 전문의를 소개해주었다. 하지만 여자는 아직 신경정신과를 찾아가지 않았다. 화장실의 관을 타고 물 흐르는 소리가 난다. 위층 여자가 바깥에서 묻혀 온 먼지를 씻어 내려보내고 있겠지. 간혹 누군가의 허밍 소리가 흐르는 물소리에 섞여 흐르기도 한다. 복도를 울리는 발소리의 위층 여자는 여러 모로 윤희를 닮았다. 남편이 없는 때 찾아와 여자에게 곰살맞게 굴던 윤희는 어느새 그녀에게 깊숙이 들어와 있었다. 사모님에서 언니로 호칭이 바뀐 어느 날부터 윤희는 그녀의 국악연주회에 빠짐없이 찾아왔다.

"교수님이 언니의 대금 연주에 빠져 프러포즈 하셨다더니 정말 멋져요."

미학 전공인 윤희가 그녀를 대상으로 쓴 「대금 산조의 아성」이란 평론이 문화예술지에 실렸을 때, 여자는 윤희와 함께 겨울바다 여행을 계획했었다. 그즈음 〈국악의 향기〉 유럽 연주가 잡혀 연습이며 리허설에 빡빡한 일정을 보내고 있던 그녀였다. 가까운 소래포구에 가서 생선회를 먹는 것으로 대신했지만 소주를 나눠 마시면서 속내를 보였던 그녀들. 윤희는 재혼한 엄마가 여기저기 질러놓은 관계 때문에 복잡해지는 게 싫다, 엄마처럼 살지 않겠다며 '심플한 삶을 위하여'라고 건배했다. 여자는 남편의 자잘한 흉을 들추기도 했고 국악예술단원 누군가의 연애 이야기를 해주기도 했다. 여자는 유럽 순회연주 중, 동유럽 어느 나라에서 윤희에게 줄 30단짜리 마트로시카를 샀다. 끝없이 계속 나오는 인형을 보고 윤희는 햇살 부서지듯 웃었다. 그런 모습을 보고 여자는 석사 논문만 끝내면 춘천에 시간강사 자리를 마련해줘야겠다는 남편의 말을 앞질러 전해주었다.

만해문학관에서 돌아와 남편 서재에서 윤희의 목소리를 들었던 그날, 여자의 머릿속은 들판을 구르는 모래바람 소리로 가득 찼다. 입안에 고여 있는 침을 아무리 뱉어도 온통 모래가 들어찬 것처럼 서걱거렸다. 남편 제자로서뿐만 아니라 여자 역시 윤희를 좋아했기 때문에 그날 이후의 고통은 배가되었다. 소파 위에 아무렇게나 던져진 윤희의 빨간색 가방이 눈앞에서 떠나지 않았다.

햇살이 베란다에 내려앉기 시작한다. 여름 끝자락, 햇살과 함께 불어드는 선선한 바람 속에 가을이 들어 있다. 남편과 헤어지던 가을은 여자에게 가장 힘든 시간이었다. 남편이 마지막으로 자신의 서재를 정리하며 하던 말이 떠올랐다.

"당신은 사실이 무엇이든 당신이 만들어놓은 상상 속에서 빠져나오지 않는군. 자기가 믿고 싶은 것만 보고 들으려 하지. 그래, 지쳤어. 더 이상 당신을 설득하고 싶지 않아."

남편의 말에 여자는 아무 말도 하지 않았다. 책더미 속에서 묵은 먼지가 피어오르고 있었다. 그녀는 손으로 입을 막고 책과 인쇄물을 챙기는 남편의 손만 바라보았다. 책 먼지로 지저분해진 손톱 밑에 까만 때가 끼어 있었다.

"결혼 전 당신 어머니가 내게 해준 말이 생각나는군. 깔끔 떠는 장인 닮아 남매가 똑같다고……."

헤어지는 마당에 죽은 장인장모 얘기는 왜 하는 건지, 여자는 남편이 자신의 깔끔함을 좋아한다고 생각했다. 공연 전 몇 번씩 손을 씻는 여자를 보고 결벽증 아니냐고 한 국악예술단원도 있었다.

남편은 그녀와의 이혼으로 대학본부의 기획처장 자리에 임명되지 못했고 교수신문에 그의 스캔들이 가십거리로 오르는 불운을 맞았다. 대학원 학생이 몰래 제보를 했기 때문이었다. 그 학생은 타 대학 출신인 윤희를 성가시게 생각했었고 남편의 기획 능력을 평가 절하하던 주임교수의 라인이었다. 여자는 모든 일을 조용히 처리하고 싶었지만 사정은 그렇지 못했다. 교수신문에 기사가 실린 것이 S대 교수 성추행 사건이 연일 매스컴에 오르내리고 있던 때였다. 대학에서는 결백을 주장하는 그의 말보다 여자와의 합의이혼 사실을 더 신뢰하였다.

예고 없이 터져나오는 딸꾹질에 그녀는 시립 국악예술원의 정기 공연에 참여할 수 없었다. 남편이 춘천으로 내려갔다는 소식을 학과 조교로부터 들었다. 윤희의 소식을 알려준 것도 그 조교였다.

윤희가 죽기 일주일 전, 여자는 G갤러리에서 윤희를 만났다. 그곳은 언니, 언니 하며 여자에게 살갑게 굴던 윤희와 몇 번 왔던 곳이기도 했다. 여자가 돌아나갈까 생각하는 사이 윤희가 다가와 그녀 앞에 멈춰 섰다.

"사모님은 왜 내 얘기를 들으려고 하지 않는 거죠? 교수님하고 저는 세상 사람들이 생각하는 그런 사이가 아니라구요. 교수님이 사라지셨어요. 이제 속이 시원하세요? 우리 엄마가 그러더군요. '너두 참 별 수 없이 나를 닮았네'라구요. 우리 엄마조차도 나를 믿지 않아요. 내가 엄마처럼 되지 않으려고 얼마나 발버둥친 줄 아세요?"

윤희는 여자를 다시 사모님이라 호칭했다. 남편과 헤어졌으니 실상은 그도 맞지 않는 것이다. 호칭 따위가 뭐 그리 대수인가 싶어 정정해

주지 않았다. 그림을 보고 있던 사람들이 둘을 흘깃거렸다. 여자는 창피했다. 아무 말도 하지 않고 윤희에게 갔던 차가운 시선을 거둬들여 갤러리를 나왔다. 윤희가 그녀의 뒤통수를 바라보고 있었는지 어떤지는 개의치 않았다. 차라리 윤희에게 욕이라도 하고 뺨이라도 한 대 후려쳤다면 죽지 않았을까. 윤희가 그녀에게 몇 번이나 문자를 보냈지만 보지도 않고 그대로 삭제해버리곤 하던 때였다. 여자는 남편 서재에서 들었던 윤희의 목소리를 잊을 수가 없었다. 아무 말도 듣고 싶지 않았다. 여자로부터 경멸에 찬 눈빛을 온몸으로 받은 윤희는 일주일 뒤 자신의 오피스텔에서 스카프로 목을 맸다. 지도교수와의 스캔들 때문에 자살했다는 뉴스가 신문 사회면 하단을 장식했다. 학교는 발칵 뒤집혔지만 곧 잠잠해졌고 그 일은 모두에게 잊혀졌다. 하지만 윤희의 블로그 메인 화면에는 여전히 웃고 있는 그녀의 사진들이 슬라이드 쇼를 하고 있었다.

조교로부터 윤희의 자살 소식을 들었을 때 여자에게는 여러 생각이 휘몰아쳐 왔다. SNS에 붙은 악성 댓글 때문에 견디기 힘들었을까. 윤희에게 보였던 여자의 차가운 눈빛 때문이었을까. 자신이 생각한 심플하고 정돈된 삶이 아니라서 그랬을까. 여자는 윤희의 죽음이 가져다준 죄책감을 떨쳐버리고 싶었다.

남편이나 윤희의 말에 여자가 귀를 기울여야 했던 건 아닌지. 그날 들은 소리의 진실에 대해 좀 더 숙고해야 했던 건 아닌지. 여자는 몹시 혼란스러웠다. 처음 그 일이 일어났을 때는 진실이 무엇인지 듣고 싶지도, 알고 싶지도 않았다. 여자의 공간이 지저분하게 더렵혀지고 그녀가 가장 공들여 꾸민 남편 서재에서 윤희의 목소리가 들려온 충격으로 휘청거렸다. 여자가 들었던 그 소리는 환청이었을까. 아니다. 소리는 분명한 사실을 말해주고 있었다. 그녀는 소리에 관한 한 어느 누구보다 예민한 대금 연주자였다.

여자는 스승의 대금 독주 CD를 오디오에 넣었다. 그녀가 다녔던 대학의 국악과 스승은 우리나라에서 첫 번째로 꼽히는 죽향의 대금 전수자였다. 헤드폰을 낀 채 소리를 높이고 서걱이는 갈댓잎 소리를 들었다. 처음에는 거칠게 들리던 그 소리가 점차 부드러운 봄바람으로 귓전에 가라앉았다. 이 소리, 다시 낼 수 있을까. 국악 오케스트라와의 첫 번째 협연을 앞두고 머뭇거리던 여자에게 스승은 말했다.

"글쎄, 네가 알고 있는 음이 다가 아니라니까. 대금 음역이 얼마나 넓은데……. 너는 왜 자신이 낼 수 있는 소리가 무궁무진하다는 걸 모르니. 참……."

스승의 책려로 무사히 협연을 마칠 수가 있었다. 정악 대금으로 산조까지 자유자재로 연주하는 스승은 여자를 정악 연주에서 산조 연주로 끌어올려주었다. 정악이 대금 연주의 모든 것인 줄 알고 있던 그녀가 정악에서 벗어나 산조를 연주할 수 있었던 것은 스승의 혹독한 가르침 덕분이었다. 손가락을 잘 떼서 매끄럽게만 부는 정악에 비해 산조는 꼴바꿈이 가능했다. 여자는 선율이 다채롭고 인간 세계의 희로애락이 녹아 있는 듯한 산조 소리에 푹 빠졌다. 스승이 그녀에게 한 말이 다시 가슴을 훑고 갔다.

"사람은 자기가 아는 게 다라고 생각하지. 그렇지 않단다. 모르는 것도, 혹은 잘못 알고 있는 것도 허다하지."

여자는 대금을 불고 싶었다. 이제 그녀가 해야 할 일은 잃어버린 호흡을 되찾아 계면조의 구슬픈 가락을 진양조의 느린 장단으로 풀어내는 것이다. 스승은 유장한 소리에 관객이 눈물을 뚝뚝 흘리는 연주를 펼쳐 보일 수 있어야 진정한 명인이 된다고 했다. 남자들이 주로 전수받는 대금 연주에 그녀는 몇 안 되는 여자 후예였다. 그녀가 달빛 같은 은은한 조명 아래 하얀 모시 무대의상을 입고 정좌해 있으면 청중은 쥐 죽은 듯 숨소리조차 내지 않았다. 여자는 그 순간의 고요함을 즐겼다. 그녀는 마음을 가다듬고 CD를 바꿔본다. 여자의 유럽순회 공연 연주를 국악예술원에서 음반으로 만든 것이다. 〈항아의 노래〉를 스승보다 더 잘 연주해냈다고 극찬을 들었었는데……. 여자는 눈을 감고 청아하고 맑은 그 소리를 듣는다. 다른 소리는 들려오지 않는다. 40분짜리 연주 CD가 끝났다. 대나무의 축축한 기운이 그녀의 온몸을 감싸고 있다. 여자는 햇살이 내리비치는 거실 한쪽에서 대금 소리가 남긴 정적에 자신을 놓아둔다.

불현듯 툭툭툭 슥슥슥슥 소리가 다시 들려오기 시작한다. 그것은 수도관 물 흐르는 소리에 섞여 금속음으로 커져간다. 위층 여자는 도대체 집안에서 뭘 하고 있는 걸까. 베르사체가 끌고 오던 캐리어. 그 안에 무엇이 들어 있을까. 여자는 대금 소리로 저 소리를 잠재우고 싶다. 귀신을 물리치고 거친 바다를 잠재운다 하여 만파식적이라는 이름이 붙은 대금이다. 그녀는 케이스를 열어 취구에 입술을 갖다대본다. 음에 맞는 취구를 찾아 바람을 불어넣지만 소리는 모두 새나가고 성풍을 불러

보기도 했지만 곧이어 걸리는 호흡 때문에 소리를 낼 수 없다. 여자는 물을 마시고는 대금 케이스를 닫는다.

여자는 거실 한쪽에 웅크리고 있는 뽐이를 안는다. 잘 말린 뽐이의 털은 보송보송하다. 햇살은 베란다를 지나 거실로 내려앉기 시작한다. 피곤하다. 눈이 묵직하고 머리 한쪽이 지끈거린다. 그녀는 뽐이의 하얀 털을 쓰다듬으며 G갤러리에서 그녀가 윤희를 향해 보였던 의심과 경멸의 시선을 생각한다. 상대할 가치조차 없다는 듯 차갑게 돌아서 윤희에게 등을 보였을 때, 윤희의 죽음을 예감했어야 했다. 그녀가 보지 못한, 믿으려 하지 않았던 사실이 진실이었을까. 윤희가 죽음으로 그걸 말하려고 했던 것인지 그녀의 머릿속이 마구 엉킨다. 폐허가 되어버린 블로그 앨범에서 여자와 윤희가 함께 있는 사진을 보았다. 소래포구에서 발그레한 얼굴을 한 둘은 석양을 등지고 환하게 웃고 있었다. 사진 밑에 달린 글엔 '소래에서, 닮고 싶은 나의 멘토와 함께'라고 쓰여 있었다. 윤희의 죽음에 자신이 생각한 것보다 좀 더 깊숙이 개입되어 있던 것은 아닌지. 여자는 머리가 묵직하다.

더 넓고 깊은 대금 음역의 세계가 있듯 세상일에는 자기가 알고 있는 것보다 더 큰 허방이 있을 수 있다. 윤희와 남편의 일은 난데없이 끼어든 사고였다. 사고는 사고를 불렀고……. 비 오는 골목길을 내달려가던 여자에게 제동장치는 없었다. 그녀는 손으로 얼굴을 쓸었다. 순간 후드득 쏟아져 내리는 살 조각들. 그녀의 얼굴은 마른 나무껍질처럼 툭툭 부서지며 발치께로 떨어져 수북이 쌓인다. 딱딱한 조각들은 마치 아메바처럼 흐물거리며 그녀의 발등 위로 기어오른다. 그것들은 다리를 지나고 가슴을 지나더니 그녀의 목구멍으로 들어와 기도를 막기 시작한다. 소리를 내보려고 했지만 그것들은 더욱 숨통을 옥죄었다. 으악! 그녀는 소스라치게 놀라 손을 내저음과 동시에 눈을 떴다.

초인종이 울린다. 그와 동시에 그녀 곁에서 같이 졸고 있던 뿜이가 짖기 시작한다. 녀석은 초인종 소리에 민감하게 반응한다. 그녀는 뿜이에게 짖지 못하게 하고 인터폰을 들었다. 화면에는 낯선 여자 얼굴이 다가온다. 그 뒤로 경비실 근처에서 보았던 여자 몇이 일제히 그녀를 보고 있다.

"무슨 일이시죠?"

"아래층에 사는 사람이에요. 공동주택이라 웬만하면 참으려고 했는데 소리가 끊이지 않고 들리니 도저히 안 되겠네요."

아래층에 산다는 여자는 꽤나 교양 있는 말투로 문을 열어달라고 한다. 그렇지만 목소리가 우렁우렁 크게 들려 그녀에게는 따지듯이 들린다. 그녀는 현관문을 반쯤 열고 버팀쇠를 내려놓는다.

"무슨 소리 말씀인가요. 저도 위에서 나는 소리 때문에 피해를 보고 있는 사람이에요. 며칠째 잠을 못 자고 있어요."

그녀가 이렇게 말하자 아래층 여자 뒤편에 둘러서 있던 여자 중 한 명이 말한다.

"혹시 집안에 다른 사람은 없나요. 사람들이 아래층에서부터 다 알아봤는데 이 집에서 나는 소리 같다고 하는데요."

여자들은 호기심이 가득한 표정으로 반쯤 열린 현관문 너머 그녀의 집 안쪽을 들여다본다.

"무슨 말씀이세요. 우리 집에서 나는 소리라뇨. 여기 나 말고 아무도 없어요."

그녀는 여자들이 확인할 수 있도록 현관문을 마저 열고 거실로 먼저 들어온다. 아래층 여자가 들어오고 뒤이어 마트 여자와 104동 대표가 들어선다. 여자들은 재빨리 그녀의 집안을 휘휘 둘러보고 거실 테이블 위에 놓인 대금 케이스에 관심을 보인다.

"아니, 연주하는 악기가 이건가 보네. 혹시 이 피리 소리가 그 소리 아닌교?"

그녀가 뭐라고 말하기도 전에 마트 여자는 닫힌 케이스를 열어 대금을 꺼내든다. 그녀는 화들짝 놀라 정색을 하고 손을 내저어 그것을 제지했다. 갑자기 횡격막이 들썩인다.

"피리가 아니라 대금이에요. 소리는 우리 집에서 나는 게 아니고 위에서 난다구요. 잘 들어보세요."

마트 여자는 피리가 아니라는 그녀의 말에 무안한 듯 손을 바지 주머니에 찔러넣고 서서 그녀를 보고 말한다.

"위에선 아무 소리도 안 나는고만. 낸 또 연주한다카길래 피아노나 바이올린 같은 건 줄 알았다카이. 이거 지금 한번 불어보면 안 되겠는교? 뭔 소린가 궁금하네."

이미 딸꾹질이 시작된 그녀로선 마트 여자에게 어떤 대답도 해줄 수가 없다. 여자들은 그녀의 딸꾹질에 이상하다는 듯 고개를 갸웃거리며 집을 나간다.

"위에서 무슨 소리가 난다고 그러지. 아무 소리도 안 들리는데……."

"혼자 사는 여자가 틀림없어. 연주는 무슨……. 피리나 대금이나, 흔한 대나무 같은 거 하나 갖고 잘난 체는……."

"저 대금인가 뭔가에서 나는 소리 아냐? 왜 301호 자기가 그랬잖아. 무슨 귀신 울음소리 같기도 하다고……."

위층 비상구 계단으로 가면서 여자들은 그녀가 들어도 상관없다는 투로 지껄여댄다.

여자들의 뒤통수가 사라질 때까지 그녀는 아무 말도 못하고 숨을 멈춘 채 딸꾹질이 멈추기만 기다렸다. 현관문을 닫고 거실 한가운데 서자 예의 그 소리가 또다시 시작된다. 툭툭툭, 슥슥슥슥. 일정한 속도로 반복되는 기계음, 날카로운 도구가 낮게 부딪치는 저 소리. 1905호 여자. 베르사체 브라이트 향기를 풍기던 여자가 내는 소리일까. 그런데 저 기계음은 도대체 무슨 소리지? 잊고 있었던 그 소리 때문에 불현듯 소름이 돋는다. 저 소리 좀 들어보라고 동네 여자들을 불러 모을까. 그녀는 별로 그러고 싶지 않다. 다른 사람의 일에 감 놔라 배 놔라 하는 부류의 눈길이 머문 곳의 얘기는 그네들 마음대로 추측되고 무한정 증식되기 십상이다. 위층 어딘가에서 나는 소리라고 확신할 수도 없다. 무슨 소리인지도.

하지만 진상은 그녀들이 위층을 순례하고 난 후 밝혀졌다. 1901호부터 차례차례 현관 초인종을 누른 뒤 가가호호 확인하던 여자들은 1905호 베르사체 여자 집에 가서 소리의 진원을 알아냈다. 툭툭툭, 슥슥슥슥 하던 소리가 그치더니 위층 복도가 소란스럽다.

"아니, 그런 작업을 집에서 하면서 어떻게 아무것도 안 깔고 할 수가 있어요?"

104동 대표는 힐난하듯 위층 여자에게 말한다. 열린 현관문 앞의 여자들 너머 샐쭉하게 고개를 외로 꼬고 있는 베르사체가 보인다. 베르사체는 블랙스톤 손톱을 허리에 올리고 여자들에게 말한다.

"이제 안 하면 될 거 아니에요. 공모전이 며칠 안 남아서 집에 가져와서 하는 건데, 이 난리들이네 참."

같이 올라갔던 아래층 여자는 댁 같은 사람이 예술가네 하며 자기밖에 모른다고, 공동주택에서 다른 사람들한테 어떤 피해가 갈지 생각해봤느냐고 베르사체를 몰아붙인다. 여자가 계단 끝에 서 있다 가까이 다가가자 마트 여자가 말한다.

"뽐이 엄마 말이 맞았다카이. 이 집에서 나는 쇳덩어리 가는 소리였지 뭐라. 금속공옌가 뭔가를 한다카네."

여자가 1905호 현관 안을 들여다본다. 거실 바닥에 캐리어가 열려 있고 카키 빛이 나는 철제 금속함이 수동 롤러와 같이 놓여 있다. 드릴세트와 해머세트도 같이 있는 게 전문적인 작업을 하는 듯 보인다. 베르사체는 그녀를 보더니 다른 여자들에게 했던 태도와는 달리 손톱을 가지런히 모으고 말한다.

"전 그렇게 소리가 많이 나는 줄 몰랐어요. 전에 살던 오피스텔에선 그냥 해도 괜찮았었거든요. 암튼 죄송해요."

여자들은 그녀에게 하는 베르사체의 사과의 말을 자기들 모두에게 하는 소리로 들었는지 불타올랐던 전의를 가라앉힌다.

"앞으로는 그 소리가 나지 않을 것으로 알고 우리는 돌아갈게요. 알겠지요?"

나이가 지긋한 부녀회장이 한번 더 다짐받는 말을 하고는 엘리베이터를 타러 간다. 그네들은 너무 쉽게 범인을 잡은 형사들처럼 허탈해하는 것 같다. 현관 앞에 혼자 남아 있던 그녀는 위층의 베르사체에게 말한다.

"사실 그 소리가 뭔지 몰라 무서웠는데 작품 만드는 소리였군요. 다행이에요. 공모전에서 좋은 결과 있기를 바랄게요."

"네, 아침에 차에서 꺼내온 게 마지막 작품이에요. 다 끝나서 후련해요."

조금 전 상황은 잊었는지 베르사체가 활짝 웃는다. 여자는 윤희 장례식장 전광판의 웃는 얼굴이 오버랩 되는 것 같아 얼른 계단으로 고개를 돌린다. 소리의 진원지와 내용을 알게 된 것만으로도 그녀의 머릿속에 자리잡았던 두려움이 사라졌다. 여자는 집으로 내려온 후 거실 한가운데 서서 귀를 기울여본다. 위층에선 더 이상 아무 소리도 들리지 않는다.

그녀가 위층 소리의 정체를 알게 된 것처럼 윤희의 진실도 알 수 있게 될까. 여자는 즐겨찾기 목록에 있는 윤희의 블로그 '미학수첩'으로 들어가본다. 떠다니는 윤희 사진들이 차례차례 지나가고 방명록을 클릭하다 새로운 메모를 발견한다. '미안하다…….' 아이디는 남편의 것이다. 그녀는 춘천으로 내려간 남편의 핸드폰 번호를 열다 닫힘 버튼을 누른다. 이제 와서 무엇이 알고 싶은가. 확인하지 않았던 진실을 알게 된다고 다시 그 시간으로 돌아갈 수 있는 건 아니다. 윤희 역시 돌아오지 않는다.

베란다 창을 열자 소나무 숲 너머에서 바람이 불어온다. 여자는 머리를 한껏 틀어올리고 대금 케이스를 연다. 모든 잡귀를 물리치고 성난 파도를 잠재운다는 만파식적. 그녀는 인중에 힘을 줘 입술을 가지런히 벌리고 호흡을 조절해본다. 하지만 그녀의 횡격막은 여지없이 들썩인다. 돌아드는 소리와 몰아가는 소리를 조심스럽게 내보나 역시 마찬가지다. 그녀는 언제 다시 그 소리를 낼 수 있게 될까. 컥컥 울음 우는 그녀의 대금 소리는 아파트 천정과 벽을 타고 흐른다. 산책로 숲 속에서 불어오는 바람 속에 댓잎이 몸을 섞는 소리가 들려왔다.

말남의 방

말남의 방

다시 송림에 왔다. 소나무의 갈라진 수피는 장군 갑옷을 연상시켰다. 어떠한 적의 화살에도 견고하게 버틸 것 같은 모습. 아주 오랜 세월 강 너머에서 불어오는 바람을 온몸으로 받은 흔적이다. 입구에 자리잡은 기념비에도 이 숲을 조성한 유래가 쓰여 있었다. 영조 21년 강바람과 모래바람의 피해를 막을 목적으로 섬진강변에 식재하였다고. 말남의 손이 그랬다. 투박하지만 단단한 그녀의 손을 잡으면 힘이 오르고 목까지 차오르던 속울음이 가라앉았다. 그리고 안온해졌다. 말남의 방에서 잠을 자면 어서 일어나야 하는데, 라는 마음이 들지 않았다. 나는 그녀에게 갈 때마다 햇빛이 끓어 넘쳐 커튼 사이를 비집고 들어올 때까지 아주 달고 긴 잠을 자곤 했다.

“어데 갔는데? 우리 지금 출발하려고 하는데 너는 바로 안 올라간다고?"

은숙의 전화였다. 부산에서 다섯 명이 한 차를 타고 와 육개장에 밥 한 그릇씩 비우고 이제 다시 돌아가겠다고 했다. 나는 이제부터 말남이를 추모해야 하는데 그녀들은 내 이야기를 들을 시간이 없다.

"나는 내일 발인하는 거 보고 올라갈게. 너희들 먼저 가. 지금 송림에 나와 있어."

"그럼 얼굴 못 보고 가겠네. 부산 내려오면 연락 한번 해라."

은숙은 서둘러 전화를 끊었다. 부산에서 입시학원을 한다는 그녀는 학생들 중간고사 기간이라 오래 머물러 있을 시간이 없다고 했다. 은숙의 차를 타고온 다른 친구들도 함께였다. 이십 몇 년 만에 만난 동창들이지만 말남이와의 기억을 몇 마디 건넸을 뿐 딱히 할 말은 없었다. 사는 곳도 서로들 너무 멀었다. 내가 서울로 가지 않았다면 은숙의 차에 나도 끼어 왔을까. 남편은 어떤 친구인데 발인까지 보고올 거냐고 했다. 차분하게 가라앉은 목소리였지만 내게는 힐난의 말투로 들렸다. 그가 내뱉는 말 하나하나가 가시가 되어 박히기 시작한 게 언제부터였던가.

바람이 불자 소나무 옆 활엽수에서 후드득 나뭇잎이 떨어졌다. 누렇거나 붉은 낙엽이 잔뜩 쌓여 있는 콘크리트 바닥은 지저분했다. 송림은 체육공원으로 다시 조성한 듯했다. 내가 이곳에 처음 왔던 것은 스물두 살 때였다. 말남이 우체국으로 출근하고 나면 나는 느지막이 일어나 윗목에 놓인 상의 밥상보를 열었다. 김치와 깻잎, 된장국이 놓여 있는 밥상. 같이 먹자고 깨울 만도 한데 말남이는 그러지 않았다. 조용히 자리에서 일어나 머리를 감고 앉은뱅이책상 겸 네모난 거울이 있는 화장대에서 머리를 매만졌다. 몇 순갈의 밥을 소리 없이 먹고 물도 조심조심 마셨다. 그녀가 씹는 김치의 아삭거리는 소리를 들으며 일어나야지, 하는데 내 몸은 천근만근 땅 속으로 기어들어갈 것만 같았다. 각목으로 몇 대 맞은 곳이 욱신욱신 쑤셨다. 동아리방에까지 들어올 줄은 몰랐다. 우리가 너무 부주의했다. 준비한 유인물이며 현수막은 다 압수되었고 앞에서 막아서던 2학년 남자 후배 몇이 잡혀갔다. 우선은 피해야 했다. 특히 동아리 임원진 여덟 명은 검거명단에 올라 있으니 최대한 멀리 가 있으라고 했다.

부산에서 버스로 두 시간 반 걸리는 하동읍에는 우체국에 다니는 말남이가 있었다. 연락도 없이 무작정 찾아갔지만 비교적 쉽게 그녀를 찾을 수 있었다. 하동읍 우체국은 군청 옆에 자리한 그곳이 유일했기 때문이다. 아직 근무시간이 남았다며, 말남이는 열쇠와 함께 약도를 그려 주었다. 하지만 나는 하동읍에 있는 그녀의 방으로 가지 않고 소나무가 우거진 숲에서 말남이의 근무가 끝나기를 기다렸다. 그때는 숲 사이로 햇살이 부서져 들어왔고 푹신푹신한 흙 위로 소나무 잔솔가지들이 쌓여 있어 걷기에 좋았다. 송림 건너편 수심이 깊지 않은 곳에서 재첩 잡는 사람들이 두런거리는 소리가 들렸다.

엄마, 의섭이 수영가방 어딨어? 의겸의 문자다. 문자에 신경질이 묻어 있다. 부엌 뒤쪽 베란다에 널어놨어. 형 잘 데리고 갔다 와. 의겸이 녀석은 의섭이에게 절대 형이라고 하지 않는다. 하긴 학년도 하나 아랜데 형이라고 하고 싶지 않을 것이다. 개교기념일인 오늘, 하루 종일 밖에 나가지도 못하고 의섭이를 보살펴야 하니 잔뜩 짜증이 나 있을 것이다. 체육관에 갔다오면 아빠 들어오실 거야. 그때 친구 만나러 가. 어떻게든 달래야 했다. 의겸이는 의섭이 때문인지 유독 친구한테 집착했다. 알았어. 엄마 내일 오는 거지? 녀석은 재차 다짐을 받는다. 이제는 의겸이까지 나를 옥죈다. 녀석은 요즘 부쩍 예민해져 있다. 사춘기라서 그럴 뿐만이 아니라 몇몇 친구들이 의섭이 얘기를 알게 되어서다. 친구가 뭐라고, 라는 말을 나는 하지 못했다.

말남이와 나, 중학교 2학년 때부터 우리는 한 반이었다. 2학년 초 영일읍에서 전학온 그녀는 촌스런 경북 사투리로 내게 다가왔다.

"우리 동네에서는 언니를 성아라 카는데 내가 그래 말하모 이상하니더?"

아이들은 그녀의 말투에 웃음을 터뜨렸고 나도 처음에는 따라 웃었던 것 같다. 둘째오빠가 서울대 법대에 들어갔다는 말을 하지 않았더라면 아이들은 그녀의 말투를 계속 웃음거리로 삼았을 것이다. 육남매의 막내였던 그녀는 첫째언니가 살고 있는 부산에 와서 공부를 하라는 그 오빠의 말을 거역할 수 없었다. 영일읍 내에 서울대 법대 입학이라는 현수막이 걸린 것은 오빠가 처음이었다며 말남이는 가슴을 앞으로 쑥 내밀었다.

나이 차이가 많이 나는 언니 오빠들 곁에서 그녀는 일찌감치 혼자 생활을 시작했다. 영일에서는 첫째오빠 집, 부산에서는 큰언니 집 근처에 방을 얻어 혼자서 밥해 먹고 학교에 다니는 생활이었다. 시간이 흐르자 자연히 궁색한 티가 나타나기 시작했다. 교복 치맛단 솔기가 뜯어져 있거나 손톱 사이에 김치를 썰었던 흔적 같은 것이 남아 있었다. 아이들이 그걸 지적해주면 말남이는 아무렇지 않게 웃어넘기곤 했다. 늙은 엄마가 밭에서 김매느라 나무 그늘에 누여놓아도 울며 보채지 않았다는 말남이가 절대 양보하지 않는 것이 있었다. 교실에서의 자리였다. 담임은 아침에 일찍 오는 순서대로 자기 마음에 드는 자리에 앉게 했다. 그 방법은 지각생 몇을 빼고는 모두에게 환영받았다. 게다가 초임 발령이었던 담임은 7시가 되기 전에 교실에 들어와 앉아 누가 일찍 오는지를 체크했다. 처음에는 경쟁하듯 일찍 오던 아이들이 지쳤는지 서서히 늦어졌다. 하지만 말남이는 여전히 가운데 분단 맨 앞자리를 고수했다. 선생님들의 턱밑에서 튀는 침을 받아가며 열심히 필기를 하는 그녀를 두고 아이들은 오빠처럼 서울대 법대라도 가려나 하며 시기어린 눈길을 주곤 했다. 어느 날, 새벽에 눈이 떠진 나는 말남이의 그 자리가 떠올랐다. 서둘러 머리를 감고 학교로 달려갔다. 채 동이 트기도 전인 새벽, 교실에 들어선 나는 이미 그 자리를 잡고 앉아 있는 말남이를 보았다. 그 자리는 놓쳤지만 말남이가 제 옆자리에 앉으라는 호의를 베풀었다. 마치 교실이 제 집이라도 되는 양. 재미있는 아이였다. 다음 날도 그 자리였고 그 다음날도 마찬가지였다. 어느 새 말남이와 나는 단짝이 돼 있었다.

말남의 자취방은 당감동 언덕 위에 있었다. 근처에 큰 신발공장이 있어선지 고무 타는 냄새가 나는 동네였다. 집집마다 신발 밑창을 오려낸 고무 쓰레기가 낮은 산처럼 쌓여 있었다. 한 달에 한번 트럭이 와서 그것을 실어간다고 했다. 말남이가 세 들어 사는 주인집 마당에도 시커먼

산이 있었다. 토요일 오후면 나는 말남이와 같이 그녀의 방으로 갔다. 타일이 깔린 부엌에서 엉덩이를 붙이고 둘이 앉아서 먹는 점심은 맛있었다. 서늘한 타일 바닥이 주는 청량감은 더위에 지칠 때면 늘 그곳에 가고 싶다는 생각을 하게 했다. 북향이라 햇빛이 들지 않는 그곳. 얇게 펴바른 입자 고운 시멘트벽은 등을 대고 있으면 곧 서늘해졌다. 발을 씻고 타일 바닥을 맨발로 돌아다니며 말남이는 일을 했다. 갓 지은 고슬고슬한 밥과 썰지 않고 길게 쭉 찢어먹던 고춧가루가 듬성듬성 묻은 김치, 말남이가 참기름을 두르고 부쳐준 달걀 프라이. 말남이는 내게 한번도 찬밥을 주지 않았다. 식구가 많아 어릴 때 늘 찬밥을 먹었다는 그녀는 혼자 생활을 시작하고 나선 한 움큼의 쌀을 씻어 항상 냉장고에 넣어둔다고 했다. 말남이와 나이 차가 많은 큰언니는 집에서 하청 일을 맡아 하느라 일주일에 한두 번밖에 들여다보지 못하는 걸 미안해했다. 키 낮은 냉장고 안에는 언제나 언니가 채워놓은 김치와 계란뿐이었다.

어제 저녁, 의섭이와 체육관에서 나왔을 때 모르는 번호가 찍혀 있었다. 아파트에 도착해 주차장으로 들어서려는 순간 그 번호가 다시 떴다.

"여기 하동인데요. 혹시 정말남 씨 아시는지요?"

하동, 정말남. 나는 정말남의 유족이라는 중저음의 낯선 남자로부터 그녀의 부고를 들었다. 암이었단다. 대장암. 연락이 끊어진 삼 년여가 그녀의 투병 기간이었다. 나는 차를 세워놓고 멍하니 한참을 앉아 있었다. 이건 말도 안 돼. 이제 겨우 마흔 중반인데 친구의 부고를 들어야 하다니……. 게다가 말남이가 죽었다는 소식을. 의섭이가 무슨 기미를 느꼈는지 내 눈치만 보고 있었다.

하동IC 입구에 장례식장이 있었다. 요즘은 어느 도시나 고속도로 입구에 장례식장이 있다. 나들목에 불 밝힌 장례식장 간판을 보면서 이승에서 저승으로 가는 길목이 따로 있는 게 아닌가 보다 했는데 나는 지금 어디로 가는가 싶었다. 대구의 큰 병원에서 수술을 한 후 가망이 없다고 일찌감치 하동으로 옮겼다. 하얀 국화더미 속에서 말남이가 웃고 있었다. 휴대폰 앨범 폴더에서 방금 빼낸 셀카 사진 같았다. 그 모습을 보는 순간 툭하고 줄 하나가 끊어졌다. 여름장마에 강둑이 무너지듯 내 안에서 강물이 넘쳤다. 온몸 안에 있던 물기가 눈으로 솟구쳤다. 머리가 지끈지끈 아팠다. 목 안에서 울음이 잦아들자 희끗희끗 센 머리를 질끈 묶은 말남이 큰언니가 나를 일으켜 세웠다.

"온다꼬 고생했니더. 모습이 옛날 그대로네."

언니는 많이 늙었다. 50L짜리 냉장고에 새로 담은 김치를 넣어주며 니가 우리 말냄이 짝진가 보니더, 라고 했던, 하루 종일 집에서 신발 밑창 오리는 일을 하느라 가위 자국에 굳은살이 박였다고 말남이가 말한 언니였다.

"내한테는 우리 성아가 엄마나 마찬가지더. 울 어매가 마흔셋에 날 가졌는데 성아가 지가 키운다꼬 낳으라 안 했나."

늙은 엄마가 자기를 지우려고 하니 언니가 말렸다는 얘기를 하면서 말남이는 가슴을 쓸어내리는 몸짓을 했다. 어떤 이야기를 하더라도 웃음 짓게 만드는 말남이었다. 그녀와 같이 있으면 나는 긴장이 풀렸고 잘 웃었다.

"이건 말도 안 돼요. 언니, 말남이가 왜 아팠던 거예요?"

나는 언니 앞자락에 눈물을 쏟았다. 그곳에서는 눈물 콧물이 섞인 시큼한 냄새가 났다. 말남이 언니는 누런 상복 치맛자락에 킁, 하고 코를 풀었다.

"그러게 말이더. 엄마 아부지 없이 고생만 했는데, 이리 빨리 갈 줄 누가 알았겠니더."

언니는 계속 내 손을 잡고 있었다. 구석에 어깨가 축 늘어진 남자가 있었다. 매실농원을 한다는 말남의 남편이다. 몇 년 전 말남이가 보내준 매실청은 아직도 우리집 냉장고에 있는데…….

소나무 숲 사이로 섬진강 모래가 은빛으로 반짝였다. 고운 모래가 많아 물 아래가 그대로 들여다보이는 섬진강은 여기 사람들에게는 모래가람이나 다사강이라고 불린다. 말남이가 들려준 얘기다. 말남이는 봄이면 매실청, 매실장아찌를 보내주었고 가을이면 대봉감을 택배로 보내주곤 했다. 그 안에는 병풍처럼 둘러쳐진 지리산과 물 맑은 섬진강, 소나무 1천여 그루가 숲을 이룬 하동포구 백사청송이 인쇄돼 있는 우체국 엽서가 들어 있었다. 그녀는 엽서에 늘 의섭이의 안부를 물었고 한번 내려와 쉬었다 가란 말을 빼먹지 않았다.

멀리 거랭이로 재첩을 훑는 쪽배 두 척이 한가롭게 떠 있다. 옛날에는 누구나 할 수 있는 일이었지만 요즘은 군청에서 허가를 받은 사람만 할 수 있다. 섬진강 강물은 위로부터 흘러내려와 하동 땅을 적시고 남해로 들어가기 전, 몸을 푸는 산모처럼 출렁거렸다. 강물은 15년 전의 기슭에 가 닿았다.

내가 말남이의 방을 찾아 두 번째로 하동에 온 것은 욱신거리는 몸을 추스르고 돌아간 지 4년이 지난 스물여섯 살 여름이었다. 뱃속에 K의 아이를 가지고 있었다. 그는 구미 G공장 현장에 가 있었다. 곧이어 치를 전국 규모의 쟁투에 그는 구미지역 선발대원으로 활동 중이었다. 결혼은 꿈도 꿀 수 없었다. 아이와 함께하는 미래는 더욱 그랬다. 초등학교 교사인 엄마 아빠가 있는 집에서는 어떻게도 할 수 없었다. 조용한 데 가서 임용고사 준비를 하겠다는 핑계를 대고 말남에게로 왔다. 하동읍에 있는 일신산부인과에 가서 수술을 했다. 말남이가 끓여준 미역국을 먹고 나는 죽음보다 깊은 잠을 잤다. 가끔씩 혼곤한 잠에서 깨어나면 그녀는 찬 수건으로 이마에 흐르는 땀을 닦아주었다.

"이기 애 낳는 거랑 똑같아서 잘 묵어야 한다 안 하나."

그녀의 보살핌을 받으며 여름 한철을 그곳에서 보냈다. 늘 말남이의 방에 오고 싶었다. 힘들고 지칠 때면 늘어져 쉬고 싶었던 그곳, 두꺼운 커튼이 쳐져서 햇빛도 적당히 가려주고 세상과 나를 단절시켜주는 그 방, 말남이의 간호로 다시 힘을 얻어 나가곤 했던 그 방에 이제는 가볼 수 없다.

'엄마, 의섭이가 또 방문을 잠갔어. 어떻게 해. 체육관은 못 갈 것 같은데 현관문 번호 바꿔놓고 나가면 안 돼?'

삼십 분 단위로 문자를 보내는 의겸이다. 친구 부고를 듣고 간 엄마를 위해 그나마 전화를 안 하는 게 녀석의 배려였다.

'안 돼. 의겸아, 그러다 지난 번처럼 난리나면 어쩌려고. 아빠 오시면 나가랬지.'

'경훈이가 내일 간대잖아. 우리가 송별파티 해주는 건데 내가 빠지면 안 되지. 앞으로 못 볼지도 모른다구.'

경훈이 엄마는 방학 때마다 캐나다로 애들을 보내더니 기어코 이민 수속을 밟았다.

'앞으로 못 보기는. 살아 있으면 다 만날 수 있어. 엄마 친구는 죽어서 이제 보고 싶어도 못 봐.'

의겸이를 달래기 위해 답을 보내다 '죽어서'라는 음절에서 나는 그만 또 울컥했다. 내 친구가 죽었다. 식구 같은 친구, 지치고 힘들 때 늘 받아주던 그녀가 있어서 견딜 수 있었다.

몸과 마음을 추스르고 2년 후 결혼을 했다. 남편은 엄마 동료 교사의 아들이었다. 평범한 회사원이었다. 결혼하기 전에 나는 또 한번 하동에 다녀갔다. 말남이는 부산에서 한 결혼식 때 내가 던진 부케를 받기로 했다. 앞가슴이 깊게 파인 드레스라 손을 높이 올리지 못해 꽃이 바닥에 떨어졌다. 남편이 본사로 발령이 난 후 우리는 서울 남쪽 신도시에 자리를 잡았다. 한참 지나도 아이가 들어서지 않아 병원에 다녔다. 어쩌다 임신이 되었는데 일란성 쌍둥이였다. 자라면서 보니 하나는 정상인데 하나는 이상했다. 20개월이 지났을 때 먼저 나온 의섭이가 발달장애라는 걸 알게 되었다. 인정하고 싶지 않아서 나는 자폐 판정을 미루고 있다가 특수교육을 시작해야 할 다섯 살이 되어서야 받아들였다. 나는 가끔씩 하동에서 지운 아이를 떠올렸다. 의섭이가 자라면서 점점 힘들어질 때마다 말남이에게 오고 싶었다. 그녀의 방에서 몇 날 며칠이고 시체처럼 늘어져 쉬면 휴대폰 배터리가 충전되듯 바닥난 에

너지가 채워질 것만 같았다.

남편에게 미국이든 캐나다든 가자고 했다. 이 땅은 의섭이를 키우기에는 너무 가혹한 곳이다. 사람들 시선이 유리조각처럼 내 살갗을 찌른다. 의섭이를 데리고 엘리베이터를 타면 사람들은 내 아래위를 훑어보았다. 어떤 노인은 쯧쯧, 하고 혀를 차기도 했다. 그들로부터 받은 생채기는 아물 날이 없었다. 나중에는 피딱지가 아물지 않은 곳이 또 한 차례 쓸려서 뻘건 속이 들여다보이기까지 했다.

의섭이가 여섯 살이었던 어느 날 감쪽같이 사라진 아이를 찾느라 관리실에서 방송을 했다. '아이를 찾습니다. 곱슬머리에, 위에는 하늘색 코트를 입고 아래는 까만 털바지를 입은 아이를 찾습니다. 아이는 정상이 아닙니다. 이런 아이를 보신 분은 관리실이나 321동 경비실로 연락 바랍니다.' 관리실 여직원에게 의섭이가 자폐아라서 아무것도 모른다, 그러니 어서 찾아야 한다, 라고 하소연을 했지만 만천하에 내 아이가 정상이 아니라는 방송을 해달라고 하지 않았다. 의겸이 엄마라고만 알고 있던 어린이집 원장은 다른 엄마들과 뒤에서 쑥덕댔다. 나는 의겸이를 다른 아파트 단지 영어유치원으로 옮겼다. 남편은 의섭이가 그런 게 내 탓이라고 하지 않았지만 하나하나 그가 내뱉는 말 속에서 책임을 묻곤 했다. 시어머니가 '우리 집안에 저런 애는 없는데……'라며 하는 말끝에 내 가계에 청각장애인 삼촌이 있는 걸 들추곤 했다. 삼촌은 군대에서 고막이 파열되어 청각에 장애가 생긴 경우였다. 후천적 청각장애와 자폐아 사이에는 의학적으로 아무런 연관이 없다. 의섭이가 태어나면서부터 절친한 동료교사 사이였던 시어머니와 엄마 사이가 벌어졌다.

솔밭 사이를 걷다 눈을 돌려 강 이쪽을 보았다. 가을걷이가 한창인 들녘 너머로 지리산이 바라다보인다. 산 아래 마을 논둑 길가에는 콩 타작을 하는 사람들이 있다. 나는 차를 타고 송림을 빠져나갔다. 어차피 발인인 내일 아침까지 이곳에 머물러야 했다. 내가 없는 집이지만 셋이서 어떻게든 버티겠지. 오늘 하루 그들은 내가 없어도 견뎌야 한다. 열다섯이 되도록 한번도 의섭이를 떼놓은 적이 없다. 의섭이는 집에 있을 때 떼를 쓰거나 하진 않지만 슬그머니 없어져서 문제다. 그래서 셋 중에 누군가는 꼭 지키고 있어야 한다. 아파트 관리실과 경찰서, 파출소를 얼마나 드나들었던지 그들은 내가 헐레벌떡 들어서면 또…… 하는 표정이었다. 언젠가 반상회에서 아래층 사는 젊은 새댁이 아이 간수 좀 잘 하라는 얘기를 해서 한바탕 싸운 적도 있었다. 동네에서 쌈닭이라고 흉보든 말든 의섭이 문제에서만은 어떻게 할 수가 없다. 하지만 정작 엄마가 없으면 큰일날 것같이 구는 건 오히려 의겸이 녀석이다. 그건 남편도 마찬가지다. 의섭이는 남편을 피하기만 할 뿐 좀처럼 안기려 하지 않는다. 인내심이 부족한 남편은 처음에는 아이를 달래고 품어보려 하다가 어느 순간부터는 윽박지르고 짜증을 냈다. 이제 의섭이는 내가 아니면 안 된다. 자폐아 이야기를 다룬 어느 영화에 나온 대사, 아이보다 하루만 더 살게 해달라는 엄마의 비장한 소원에 공감한다. 처음 그 영화가 나왔을 때 나는 애써 보려 하지 않았다. 특수반 엄마들 여럿이 함께 가자고 했지만 나는 일이 있다는 핑계를 대며 거절했다. 나중에 무슨 날이었는지, TV에서 방영되는 그것을 보고 아이들 몰래 이불을 뒤집어쓰고 울었다.

길 양편에 심어진 단풍나무들이 아직은 옅은 색깔이다. 그런데 위로 올라갈수록 골짜기의 능선도 투명하고 선명한 단풍이 곱게 물들어가는 모습을 보인다. 이런 곳에 사는 사람들은 생전 병 같은 건 걸리지 않을 것 같은데 말남이의 어느 곳에 그런 병마가 숨어 있던 것인지……. 아무도 모른다. 발부리가 걸려 넘어지게 되는 돌은 어디에나 있게 마련이다. 말남이는 K대 유아교육과에 들어갔다가 한 학기를 마치고 돌연 자퇴를 했다.

"왜, 그런 거니, 등록금 때문에? 그럼, 휴학을 하지. 오빠가 공부하라고 했다면서…."

서류 처리까지 다 하고 나서 말남이는 내게 자퇴한 걸 말했다.

"아니, 우리 오빠가 학비 대준다고 하는데 내가 하기 싫니더. 한 학기 다녀보니까 재미 없니더."

말남이는 아무렇지 않게 말했다.

"졸업하면 어린이집이나 유치원 선생인데, 그냥 공무원 시험 쳐서 일찍 돈 벌고 싶다마."

말남이의 진심이 아니란 걸 나는 알 수 있었다. 내가 아버지의 사학연금 학자금 대출을 알아봐준다고 했지만 이미 자퇴 처리가 끝났을 때라 아무 소용이 없었다. 가운데 분단 맨 앞에서 공부하던 그녀는 어디로 갔는지, 방법을 찾아보지도 않고 너무 빨리 포기해버렸다. 그런데 내가 하동에 갔을 때 그녀가 말했다. 어쩌다 어렵게 사는 큰언니와 작은언니, 오빠들이 자기 학비와 생활비 문제로 다투는 걸 들었다고. 그

즈음 말남이가 그토록 자랑스러워했던 둘째오빠는 올케 집으로 들어가고 나서 사람이 변했다. 서울 명동과 강남에서 빌딩 임대업을 하는 집의 사위가 된 것이다. 사법고시 패스해서 금의환향할 줄 알았던 영일읍 사람들은 어느새 오빠의 존재를 잊었고 말남이도 자신과의 약속을 잊은 오빠에게 손을 내밀고 싶지 않았다. 가족들이 모일 때, 마지못해 내려와 이질감을 느끼게 한다는 둘째오빠 얘기를 하면서 말남이는 처음으로 내게 눈물을 보였다.

커서가 깜박이는 내비게이션에 하동우체국을 입력했다. 말남이를 찾아올 때마다 나는 송림을 거닐거나 우체국 옆에 있는 다방에 가서 그녀의 근무가 끝날 때까지 기다리곤 했다. 서울이나 부산에서는 볼 수 없는 오래된 다방이었는데 그곳 아가씨들과 촌로들은 책을 보고 있는 나를 흘끔흘끔 쳐다보았다. 오후 6시가 넘어 말남이가 나타나면 주인 여자는 아, 하고 고개를 끄덕이고 정 주사 친구 분이고만, 하며 반가워했다. 그 다음에 갔을 때는 주인 여자와 이런저런 얘기를 나누며 시간을 보냈었는데 지금 그곳에 가고 싶어졌다. 그 여자를 만나 말남이와의 기억을 함께 나누면 친구를 보내야 하는 시간이 조금은 괜찮지 않을까. 2Km 정도 가다보니 하동군청 이정표가 나타나고 곧이어 번화한 거리가 눈앞에 펼쳐졌다. 그곳에는 우리 아파트 근처에 있는 건물들을 그대로 옮겨놓은 듯 대형 마트와 치킨 체인점, 유명 상표의 옷이나 신발 매장들이 거리를 가득 메우고 있었다. 4층짜리 신축 건물에 들어선 하동우체국과 그 옆의 성보다방 대신 자리 잡은 카페 베네. 나는 선뜻 차를 세우지 못하고 우체국 앞에서 속도를 줄이며 망설이다 그곳을 통과해버렸다. 하동우체국 앞 작은 로터리 화단에는 계절 따라 키 큰 해바라기와 함박꽃, 붉은 칸나와 국화가 흐드러지게 피었었는데……. 4차선으로 넓힌 도로와 번쩍거리는 유리 건물이 낯설게 느껴졌다.

하동읍 이곳저곳을 돌아다니며 옛날 모습이 남아 있는 데가 있나 찾아보았다. 하동역과 일신산부인과가 있던 거리, 달이 밝은 밤에 말남이와 줄넘기를 했던 하동초등학교 운동장. 그 어느 곳도 변하지 않은 곳이 없었다. 내가 이렇게 나이가 들었는데, 이곳이라고 시간이 그냥 있었겠나 싶으면서도 왠지 씁쓸했다. 음식점이 즐비한 거리를 지나니 화개장터라고 꾸며놓은 상설시장이 있었다. 대중가요 가사 속 내용과는 달리 사람들이 적어서 장터 마당은 한가했다. 나이 지긋한 할아버지가 장날 말고는 파리만 날린다고 잔뜩 쌓아놓은 헛개나무 더미를 뒤적이며 말했다. 장터 한쪽 뻥튀기 매장에서는 조영남의 〈화개장터〉가 쿵쾅쿵쾅 울려퍼지고 있었지만 가을볕에 졸고 있는 누렁이 두 마리에게는 그 소리가 아무 방해가 되지 않는 모양이었다.

화개장터를 나오니 어느새 짧은 가을해가 상당히 기울어 있었다. 나는 다시 장례식장으로 돌아가 말남이 얼굴을 보고 싶었다. 그녀가 내게 했던 것처럼 이마의 땀을 닦아주고 같이 누워 긴 이야기를 나눠야 할 것 같았다. 형제가 많아서인지 말남이 유족들로도 장례식장은 좁았다. 둘째오빠에게 들어온 화환이 즐비하게 늘어서 복도를 가득 채우고 있었다. 고등학교 1학년 때 말남이 방에서 그의 얼굴을 한번 본 적 있다. 서울대 법대생이라 그런지 모범생 같은 모습이었는데……. 그 오빠의 모습은 보이지 않았다. 이렇게 식구들이 많은데 말남이를 생각하면 늘 혼자 밥 먹는 모습이 떠올랐다. 영정 사진 앞에 더 있고 싶었지만 내가 앉아 있을 자리는 아니었다. 웃고 있는 그녀 얼굴을 다시 한번 보고 향 두 개를 갈아 꽂았다. 애들이 어쩌고 있나, 남편은 퇴근했는지 궁금해 복도 끝에 있는 비닐 의자에 걸터앉아 휴대폰을 열었다.

"김 서방 이름으로 지 앞에 보험을 많이 들어놨다는 말이 있디더."

복도 저편에서 말남이 큰언니 목소리가 들렸다. 낮게 소곤거리는 말투였지만 익숙한 경북 사투리는 귀에 들어와 박혔다.

"미리 알고 있었던 거 아이가? 아직 젊은데 대장암 말기라는 게 말이 되나?"

푸르르 떨리는 목소리가 커졌다.

"그러게 말임더. 알라 때는 늙은 엄마 땜시 젖을 굶더니 어려서부터 자취한다고 배를 곯아서 병 걸린 게 아인가 싶니더."

큰언니는 목소리를 죽여가며 말했다.

"그기 바보 아이가? 우체국 댕겨 번 돈은 조카들 치다꺼리에 다 퍼주고 나중엔 늦게 만난 서방한테도 퍼주고 간다 안 카나."

몇 년 전에 말남이가 내게 전화를 했었다. 자기 앞으로 배분된 보험 가입 할당량이 있는데 하나만 어떻게 해달라고 어렵게 얘기를 꺼냈다. 그녀가 내게 처음이자 마지막으로 한 부탁이었다. 의섭이와 내 앞으로 두 개를 가입했다. 내 수익자는 의섭이로 정하고 다달이 자동이체로 신청을 해서 잊고 있었다. 말남이는 누군가에게 힘을 주는 사람이었다. 죽어서까지 돈이든 뭐든.

'킁' 하고 코를 푸는 소리 끝에 울음이 달려 있었다.

"그래도 김 서방이 지한테 참 잘했다캅디더. 나이 많은 남자가 잘해 주니까 정에 굶주린 우리 말남이가 같이 산 거 아이겠니더."

내게도 늘 뭘 주기만 한 그녀였다. 옆자리를 내주고, 따뜻한 밥을 해 주고, 내 지친 몸을 쉬게 해준 말남이가 남편을 만날 무렵에 나는 그녀에게 신경을 쓰지 못하고 있었다. 의섭이를 장애인들이 가는 특수학교로 보낼 것인지, 일반 초등학교 특수반으로 가게 할 것인지 숙고해야 하는 시기였다. 한해 먼저 학교에 보낸 의겸이가 있는 곳으로 입학을 시킬지, 다른 아파트 단지의 학교로 보낼지도 고민이었다. 두 블록이나 떨어져 있는 초등학교 특수반에 넣고도 나는 매일 학교에서 살다시피 했다. 한편으로는 의섭이를 데리고 언어치료에, 미술치료에 특수 심리학치료까지 쫓아다니느라 몸은 늘 녹초가 되곤 했다. 지금도 나는 말남이에 대한 추모보다 내가 돌아가 쉴 방이 없어져버린 서러움에 가슴이 아프고 눈물이 나는 것이다. 내 친구의 죽음보다 살아서 견뎌야 하는 내 자신을 위무하기에 급급하다. 죽음까지도 죽은 자의 몫이 아니라 살아남은 사람들의 몫이라는 말이 떠올랐다.

아침 일곱 시 발인이라는 걸 확인하고 장례식장을 나왔다. 저녁이 되니 살갗에 닿는 바람이 차가웠다. 오늘 밤을 어디서 보낼 것인지 근처를 둘러보았다. 잠이 올 것 같지는 않았지만 어디든 가서 몸을 누이고 싶었다. 청학동 이정표가 있는 19번국도로 오 분쯤 가니 펜션인지 민박인지 모를 '햇살 좋은 방'이라는 이름의 숙박업소가 있다. 프런트에 있는 여자는 혼자 온 내가 이상한지 이층으로 올라가는 뒤에 대고 어딜 온 거냐고 물었다. 그냥 좀 쉬려구요. 나는 짧게 대답하고 203호실로 들어갔다. 벽 한 가운데 시화가 걸려 있었다.

> 온갖 일이 마음에 들지 않거들랑/ 산수 절로 트인/ 하동 땅 풍광길이 어떻습니까. 하동 땅으로 내려오시지요. (중략) 온갖 일이 마음에 잘도 들 때도/ 한번쯤은 하동에 내려와 보시지요./ 청죽에 바람 이는/ 우리나라 하동 땅이 좀 어떻습니까. *

햇살 좋은 펜션이 시인과 무슨 연관이라도 있을까. 시화 끝부분에 이 지역에서 태어난 시인의 이력이 있었다. 말남이가 전출을 원하지 않고 이곳에 자리잡은 이유가 저것일까. 방은 오랫동안 비어 있었는지 냄새가 났다. 창문을 활짝 열었다. 햇살 좋은 방이란 걸 확인하려면 내일 해가 떠야 알겠지. 나는 어둑한 산 그림자가 내려오는 창가에 서서 느릿느릿 한지에 먹물이 스며들 듯 밤이 깊어가는 모습을 바라다보았다. 몸이 오슬오슬 떨렸다. 창문을 닫고 벽장에 차곡차곡 개켜놓은 이불을 한 장 꺼냈다. 햇살 좋은 펜션의 이불은 차가웠다. 말남이 방의 이불이 그립다. 햇볕에 고슬고슬 말린 이불 촉감이 얼마나 따뜻했는지……. 이불을 모두 꺼내 덮어도 한기가 들었다. 감기가 오는 건가, 나는 TV 리모컨을 눌렀다. 개그맨들이 하는 예능 프로그램이 방영되고 있었다. 왁자지껄 웃음이 전파를 타고 공중으로 흩어졌다. 말남이가 죽었어도 세상은 여전하다. 지리산 골짜기마다 가득 찬 단풍 빛깔은 더 짙어질 것이고 누가 이곳에 있든 저리로 떠나든 개의치 않고 사람들은 웃고 떠든다. 내가 죽은 후에도 마찬가지일 것이다. 의섭이는 엄마가 죽어 수령

한 보험금으로 얼마 동안 먹고 살 수 있을까. 의겸이는 내가 없다면 형을 잘 보살필 수 있을까. 남편은…… 남편은, 인내심이 없는 사람이라 견디지 못할 게 뻔하다. 우체국 보험을 타서 멀리 떠나버리고 싶다. 나는 자리에 누웠다. 다섯 시간 이상을 달려온 피로가 한꺼번에 몰아닥쳤다. 혼곤한 잠 속으로 빠져들려는 순간 휴대폰이 울렸다. 남편이었다.

"의겸이가 슈퍼에 잠깐 나갔다온 사이에 의섭이가 집을 빠져나갔대. 당신한테 혼날까봐 이 녀석 나한테 연락했네. 나 지금 집에 다 와 가."

남편은 평소와는 달리 짜증을 내지 않았다. 빨리 올라오라는 말도 하지 않았다.

"일단 관리실에 연락해서 방송해달라고 하고 경찰서에도 신고해. 의겸이 녀석 슈퍼 갔었다는 거 맞아?"

전화를 끊고 나는 이불을 개켜 벽장에 넣었다. 말남이가 가는 내일 아침, 함께 있어주고 싶었는데 혼자 가라고 해야 할 것 같았다. 햇살 좋은 펜션 주인은 다시 나오는 나를 보고 물었다.

"왜요, 방이 마음에 안 드세요?"

"아닙니다. 방은 아주 좋아요."

펜션 주인에게 그렇게 대답했지만 이 세상 어느 곳에도 말남이의 방처럼 따뜻하고 편안한 곳은 없을 것이다. 나는 내비게이션에 우리 집을 입력하고 하동IC로 차를 돌려 고속도로로 접어들었다.

* 정공채 시인(1934~2008)의 시 「하동 땅이 어떻습니까」 중에서.

눈 위, 돌을새김

눈 위, 돋을새김

쏟아져내리는 눈이 파쇄기 속 종잇조각 같다. 낮 한때 눈이 올 것이라더니 일기예보는 어김없이 맞아떨어졌다. 올 겨울은 유난히 눈이 잦다. 창밖을 바라보다 나는 강인자 교수를 떠올렸다. 오후에 있을 시민대표 발대식에 그녀가 참석한다. 십 년도 훨씬 넘었지만 나는 단번에 사진 속 그녀를 알아보았다. 신상명세서에 있는 강인자 교수는 관록이 붙은 모습이었다. 턱선은 둥글게 변했고 안경 너머로 굵게 쌍꺼풀진 눈이 빛나고 있었다. 약력에는 번듯한 직함들이 여러 칸 자리하고 있었고 그 아래 늘여 쓴 이력은 한눈에도 그녀가 주요 인물임을 말해주고 있었다. 그녀가 나를 알아볼 수 있을까. 청사 뒤편 갈참나무 숲에 쌓인 눈이 바람에 한바탕 날아오른다.

민선 5기로 새로 취임한 시장은 곳곳에 자기편을 만들어놓고 싶어했다. 특히 신도시 내에서 내로라하는 자리를 꿰차고 있는 이들을 끌어모으기 위해 무슨 발대식이니 포럼이니, 하며 사람들을 불렀다. 그 탓에 계속 업무가 늘어나고 있다. 내일 모일 시민대표들만 해도 열두 명이다. 대회의실에 가지고 가야 할 물건들을 챙겨보니 두 박스가 넘었다. 박스 속에서 강인자라고 쓰인 명패를 꺼내 바라보았다. 자개로 돋을새김한 이름 석 자가 형광불빛에 빛났다.

"해원 씨. 이따 3시에 발대식 사회 좀 보세요."

최 주임이 청원에 있는 연수원으로 간 지 닷새째다. 대학시절 교내 방송국에서 아나운서를 했다는 그녀가 대회의실에서 하는 연·월례 행사의 사회를 주로 맡았다. 이번 공무원 연수 기간에도 실력을 인정받고 있다는 정책실장의 전언이 있었다. 그런데 최 주임이 없다고 나에게 사회를 맡기다니……. 실장은 내가 정책실로 온 지 삼 개월밖에 되지 않았다는 걸 잊었나 보다.

"실장님, 말도 안 돼요. 저 사회 같은 거 한번도 해본 적이 없어요."

나름대로는 정색하고 말했다 싶은데 실장은 아랑곳하지 않았다.

"해원 씨, 시정 발전 브리핑 때 실력 발휘한 걸 아는데 뭘 그럽니까? 공보과에서도 업무실적이 단연 최고였다고 시장님이 입이 마르게 칭찬하시던데……."

내가 돌연 정책실로 온 것이 마뜩잖아선지 그다지 호의적이지 않았던 실장이다. 그의 말이 비꼬는 것처럼 들렸다.

올 초에 공무원과 시민들을 대상으로 한 아이디어 공모에 내가 제안한 공보과의 환경부담금 절감방안이 채택되었다. 공청회장에서의 프레젠테이션 시간을 떠올리면 지금도 등줄기에서 땀이 흐른다. 공보과 업무라는 게 제자리에 앉아서 공문 발송이나 시보 만들기, 행사에 쓰일 부대시설과 비용 등을 재가해주는 정도여서 여러 사람 앞에서 말을 한다는 것은 나와는 거리가 먼 일이었다. 공청회는 두 달 후에 잡혀 있었다. 다른 사람에게 대신해달라고 할 수도 없었다. 성과금 타면 한 턱 내라는 동료들의 축하인사도 뒤로 하고 내가 찾아간 곳은 시내 중심에 있는 스피치학원이었다.

나는 스피치학원이 발표지도나 언어교정 등을 하는 곳이라고 막연하게 알고 있었다. 혹은 웅변학원을 현대적 감각의 이름으로 그렇게 일컫는 건가, 라고도 생각했다. 그런데 누군가의 소개로 찾아간 그곳은 단순한 웅변학원 정도가 아니었다. 취업을 앞둔 대학졸업반 학생부터 심층면접을 대비한 입시생이나 학교의 임원 후보들은 으레 있겠다 싶었지만 TV나 잡지에서 보았던 스타 강사들이 그곳에 와서 스피치 훈련을 받는 줄은 몰랐다.

나는 스피치마스터코스SMC의 자기경영 단계에서 성공하는 말하기와 실패하는 말하기가 어떻게 다른지 배웠다. 상황에 따른 적절한 대응화법과 완곡어법이 관계 맺기에 얼마나 중요한지도 알아야 했지만 정작 문제가 된 것은 나의 무대공포증이었다. 내게는 여러 사람 앞에 서면 아무 생각이 나지 않고 말문이 막히는 증상이 있었다. 단상 위에서 시선을 처리하는 데도 자신감이 없어 발표시간이 곤혹스러웠던 적이 한두 번이 아니었다. 시청에 첫 발령을 받고 여러 사람 앞에서 자기 소개를 하는데 얼굴이 붉어지고 목소리가 떨려서 제대로 하지 못했던 기억도 있다. 심리학 박사인 조 원장은 내게 추가로 스피치테라피 코스를 권했다. 무대공포나 대인공포증 같은 경우는 근원을 찾아가는 치료가 필요하다는 것이다. 나는 알고 있었다. 언제 어디서부터 그 증상이 시작되었는지.

정책실장은 식순이 적힌 두 쪽짜리 A4 용지를 건네고는 공청회장에서 했던 대로만 해요, 라고 했다. 내가 공청회 준비를 위해 얼마나 많은, 두려운 시간을 보내고 가외 비용을 들였는지 정책실장은 알 리가 없었다. 대답을 못하고 있는 나를 앞에 두고 그는 책상 위에 널려 있던 서류를 정리하기 시작했다. 어떤 것은 책상서랍에 넣고 어떤 것은 서류철에 포개놓기도 하느라 손놀림이 바빴다. 그는 자기가 내린 지시는 번복할 수 있는 사안이 아니라는 걸 내게 말하고 있었다.

나는 자리로 돌아와 정책실장이 준 식순 사회 멘트를 읽어보았다. 별 내용은 없었다. 발대식 순서와 시민대표들의 약력 소개 정도였다. 30분이 넘는 프레젠테이션도 잘 해내지 않았나. 이 정도야 뭐. 나는 빨라지는 심장박동 소리를 의식하며 천천히 호흡을 가다듬었다. 조 원장이 가르쳐준 마인드컨트롤 방법이었다. 마음이 차츰 안정을 찾게 되자 이번에는 추위가 어깨를 감쌌다. 신축 청사의 일층에 자리한 정책실은 다른 곳보다 기온이 1~2도 낮은 편이다. 게다가 내 자리는 산그늘에 가려 습한 기운이 들러붙었다. 정부의 에너지 절감 정책으로 실내 온도가 20도를 넘지 못하게 돼 있어 늦가을부터는 썰렁함이 내내 어깨를 휘돌았다. 이전한 지 일 년이 다 되어가는데 청사 곳곳에서 하자가 나타났다. 보수작업을 한 후 덧칠하는 페인트와 마감재 냄새가 눈을 따갑게 했다.

무릎 담요를 어깨까지 두르고 아직도 눈이 내리고 있는 창밖으로 시선을 돌렸다.

휴대폰 문자 알림 소리가 났다. 집 근처 대형 마트 상호와 결제액 십만삼천 원이 찍혀 있었다. 엄마는 어쩌면 지치지도 않고 이렇게 사모으는 것일까. 넘쳐나는 잡화들로 다용도실이 꽉 차버렸을 때, 엄마 몰래 그 중 일부를 복지관에 갖다준 적이 있었다. 나중에 물건이 빈 것을 알고 노발대발하는 엄마를 진정시키기 위해 얼마나 애를 썼는지 모른다. 그 뒤로는 엄마 물건에 손을 대지 않았다. 하지만 가뜩이나 좁아터진 스무 평 아파트는 엄마가 사들이는 물건들로 가득 차서 더 이상 빈 곳이 없다. 우리 집은 사람이 사는 데라기보다는 잡다한 물건들이 쌓이고 포개진 곳이라고 하는 게 더 맞을 것이다. 특히 엄마 방은 어디론가 이사라도 갈 듯 보따리가 들어차 있다. 너저분하고 복잡해서 숨이 막힐 지경이다.

엄마가 이렇게 물건을 사모으는 것은 눈 때문이다. 보름 전 뉴스에서 폭설주의보가 내렸을 때도, 허둥지둥 신발을 꿰차고 마트로 달려가는 엄마를 말리지 못했다. 주인보다 먼저 도착한 마트 배달원은 라면 두 박스와 밀폐 저장우유 한 박스, 인스턴트 카레 열 개, 설탕 한 포대를 들고 왔다. 그것은 두 달간 먹을 수 있는 비상식량 수준이었다.

나는 전화를 걸어 뭘 또 샀느냐고 한바탕 퍼부으려다 그만두었다. 대신 창밖으로 눈길을 돌려 아직도 흩날리는 눈송이를 바라봤다. 어둑하니 가라앉은 하늘로 봐선 금방 그칠 것 같지 않았다. 이러다가는 폭설로 변해 오후 일정을 진행하지 못할 수도 있겠다. 아침 출근길에는 차를 어디에 댔는지 몰라 한참을 헤맸다. 밤새 내린 눈 때문에 주차장인지 도로인지 구분하기 힘든 곳에 차들은 눈을 하얗게 뒤집어쓴 채 엎드려 있었고 길가의 나무 등치에도 눈은 껑충 쌓여 있었다. 가을에 짚으로 갈무리를 한 나무들은 괜찮지만 그렇지 않은 나무들은 종아리가 시려 보였다. 안 그래도 마른 몸인데 눈까지 기대 있으니. 이렇게 그치지 않고 눈이 내리면 엄마는 내일도 마트로 갈 것이다. 뭘 또 사가지고 올지……. 마트에 다녀오다 넘어져 작년처럼 깁스라도 하게 될까 걱정이다. 엄마는 겨울이 시작되면서 몸이 더 불었다. 눈 올 때마다 사들인 주전부리를 입에 달고 있으니 당연한 결과다.

강인자 선생이 H대의 식품영양학과 부교수로 있다는 것을 안 것은 시청에 발령 받은 지 얼마 되지 않아서였다. 관내 학교의 재무구조와 인사구조를 파악하면서 그 이름이 경문여고 일학년 담임이었던 그녀라는 걸 알았다. 경문여고는 H대와 같은 학교법인 재단이다. H대학은 확장 일로였다. 학교 앞에 전철역이 생기면서 수도권의 학생들이 대거 지원하는 중상위권 대학으로 변모하는 중이다. 그러나 많은 사학들이 그렇듯, 온갖 불법과 비리가 행해지고 있다는 소문도 무성하였다. 그 학교에 강인자 교수가 있었다.

점심시간이 지나고 대회의실에 책상 열두 개를 배치한 후, 각 시민대표들의 명패를 세워놓았다. 굳이 비싼 자개로 만들 필요까지 있느냐는 윤 계장의 말에 정책실장은 시장이 원하는 바라고 일축해버렸다. 말이 시민대표지, 사실 관내 유력 인사들의 집결이다. 강인자 선생 같은 대학교수, 기업인, 상공인, 각 학교 운영위원장 등 시장이 당선된

데 조력자 역할을 톡톡히 한 사람들 말이다. 중앙부처에 힘깨나 쓸 수 있는 사람이든, 자산가이든 아니면 말발이 먹히는 사람들을 면면이 모아놓았다.

강 교수를 만나면 어떻게 할까, 그녀 앞에서 가라앉아 있던 앙금이 소용돌이치면 머릿속이 온통 뿌옇게 흐려질 것 같다. 식순대로 말하는 것조차 더듬거리게 되면 어쩌지. 나는 일찌감치 대회의실로 와서 내용을 몇 번이나 읽고 또 읽었다. 무대에서 떨리는 것을 극복하기 위한 방법은 내용을 숙지하고 연습을 많이 하는 것이라고 조 원장은 말했다. 그의 치료법은 처음에는 받아들이기 쉽지 않았다. 대면하고 싶지 않은 상황을 견뎌야 하며 도망가지 않고 맞서야 하는 정면 돌파 방법들이 나를 불편하게 했다. 하지만 요즘은 취업준비반 정민이 나의 스피치를 롤모델 삼아 연습할 정도로 괜찮아졌다. 집단치료와 병행한 조 원장의 일대일 치료방법이 빠른 시간에 효과를 본 듯했다. 몇 년 전 상처한 조 원장은 내게 특별한 감정을 갖고 있는 듯했다. 그의 친절한 교수법이 단순한 호의가 아니라는 걸 나 또한 알고 있다. 나는 공청회가 끝나고도 SMC 과정을 몇 번이나 반복해 수강하였다. 그래도 강인자 선생을 대면하면 가슴이 두근거리고 어깨가 으슬으슬 떨리지 않을까 싶어 불안했다.

내가 유독 추위를 많이 타는 건 내림인가. 자리에는 늘 카디건과 무릎담요가 포개져 있다. 엄마는 겨울을 두려워했다. 신도시가 조성되기 훨씬 전부터 이곳에 자리잡고 살았지만 엄마의 고향은 강원도 화천이다. 근방에는 파로호와 평화의 댐이 있다. 물이 많아 여름에는 좋지만 초가을이 지나자마자 금방 추워져 살 곳이 못 된다는 엄마 얘기가 푸념이 아니란 걸 안다. 외삼촌이나 이모들로부터도 그 추위에 대한 이야기를 많이 들었다. 기억은 전승되는 것이다. 엄마에게서 숱하게 느꼈던 추위는 내 살갗 속으로 스며들었다.

엄마가 열 살쯤이던 어느 겨울날, 연 사흘 동안 쉬지 않고 내린 폭설로 눈사태가 일어났다. 초가 지붕 처마에까지 닿을 정도로 쌓인 눈은 다음 날 한파에 얼어붙었고 사람들은 고립되었다. 무너진 처마 밑에서 옆집까지 한나절 걸려 동굴 속 같은 길을 뚫었다. 이 집에서 저 집으로 개미들이 땅을 파듯 눈을 치웠다. 그런 다음, 마을 공동 우물가로 가는 길은 모두 힘을 합쳐서 가래로 밀었다. 하지만 우물마저 얼어붙는 추위였다. 사람들은 두껍게 언 강의 얼음을 깨다가 녹여 마셨다. 그 시절 엄마는 배고픔과 추위에 포한이 맺혔다고 했다.

"먹을 것만 있다면야 눈이 아니라 눈할애비라도 괜찮지만 꽁꽁 갇혀서 며칠씩 굶어봐라. 말린 곰취로 죽이나 끓여먹다 나중에는 씨감자나 옥수수도 먹어치우지. 뒷일을 생각할 수가 없고 말고."

엄마는 그해 겨울에, 먹을거리를 구하려고 얼음 구멍을 뚫던 외할아버지가 차가운 강물에 빠져 다시 올라오지 않는 걸 보았다. 갓 낳은 막내 외삼촌을 업은 외할머니는 얼음장 위를 이리 뛰고 저리 뛰며 울부짖고 올망졸망한 육남매는 흐르는 눈물과 꼬질꼬질한 땟물이 함께 얼어붙는 그 강가에서 목이 터져라 아버지를 불렀다. 엄마는 해마다 한강이 얼어붙는 추위가 시작되면 심하게 감기몸살을 앓곤 했다. 엄마의 신음소리에는 애타게 아버지를 부르는 어린아이의 울음소리가 섞여 있었다.

그때도 참 추웠다. 삼월 말이라고 하지만 경문여고에 부는 꽃샘바람은 살을 벨 정도로 차가웠고 하늘은 잔뜩 흐려 때늦은 눈이라도 퍼부을 듯 심상치 않은 표정을 짓고 있었다. 운동장의 모래바람이 자주색 플레어스커트를 입은 여자애들의 얼굴을 훑고 지나갔다. 아이들은 시퍼렇게 언 얼굴들을 목 안까지 움츠려 넣고 얇은 운동화를 신은 몇몇은 발이 시린지 제자리에서 폴짝거렸다. 학교가 산과 산이 맞닿은 곳에 있어 대륙을 건너온 황사까지 골짜기에 부딪혀 아이들은 마치 터트려놓은 연막탄 속에 갇힌 듯 컥컥거렸다. 게다가 교무주임의 '흐음' 하는 군말과 마이크 마찰음까지 가세해 아이들의 곤혹스러운 표정은 점점 심해지고 있었다. 기독재단인 경문여고는 월요일이면 꼭 운동장에서 조회를 했다. '다 함께 기도 합시다'란 교장의 말이 끝나면 아무도 고개를 들어서는 안 된다. 아주 긴 기도 말씀이 끝났다. 아이들은 이제 교실에 들어갈 수 있겠다 싶어 웅크린 몸을 부르르 떨었다. 하늘에선 드디어 눈발이 하나둘씩 날리기 시작했다. 봄눈치고는 제법 굵은 눈송이였다.

"다음은 이번 주부터 각 반에서 한 명씩 돌아가며 발표를 하는 시간입니다."

아, 뭐야. 아이들의 투덜거리는 소리가 낮게 터져나왔다. 그때, 교무주임이 말했다.

"1학년 1반 정해원이 나와서 충효에 사례를 발표하겠습니다. 앞으로 나오세요."

느닷없이 이름이 불린 나는 대답을 하지 못하고 눈만 멀뚱거렸다. 반 아이들이 모두 나를 바라보았다. 다른 반 아이들의 시선도 날아와 꽂혔다. 교무주임이 마이크를 내리고 소리쳤다. 안 나오고 뭐해. 나는 그 자리에서 한 발자국도 움직이지 못하고 있었고 모든 눈들은 다시 나를 향했다. 나는 순간 담임을 바라보았다. 담임은 내게 눈길을 주지 않고 출석부만 들여다보고 있었다. 교무주임은 마이크에 대고 "정해원!" 하며 채근했다. 나는 아이들 사이를 지나 교무주임 앞으로 나갔다. 그리고는 그의 눈짓에 기가 눌려 조회대 위로 올라갔다. 전교생이 일제히 호기심어린 눈빛을 쏘아댔다. 굵은 눈송이 하나가 손등에 내려와 앉았다.

"우리 학교는 하나님의 보호 아래, 이웃을 섬기고 사회에 봉사하는 인재육성을 목표로 하고 있습니다. 그래서 이번 연도부터 일주일에 한 명씩 종교 안에서 실천하는 충, 효, 예 사례 발표를 하기로 했습니다. 오늘은 일학년 일반 정해원 학생이 하겠습니다."

교무주임 얘기가 무슨 뜻인지는 알겠지만 왜 내가 호명되어 조회대 위로 올라가야 했는지 도무지 알 수 없었다. 담임은 내게 '충효예'의 충 자도 꺼낸 적이 없었다. 내가 위에서 아이들의 시선을 한몸에 받으며 떨고 있을 때, 조회대 바로 아래서 담임 목소리가 들렸다.

"죄송해요. 주임선생님. 제가 하라고 했는데 얘가 미처 준비를 못했나 봐요."

담임은 교무주임에게 다가서며 낮게 말했다.

"다음 주에 다른 학생한테 철저하게 준비하라고 해서 발표시키겠습니다. 한 주만 연기해주세요."

교무주임은 담임의 말에 고개를 주억거리며 내려가라고 했다. 아이들은 조회가 빨리 끝난다는 사실에 웅크린 몸을 움직이며 재잘거렸지만 나는 머릿속이 텅 비어버렸다. 조회대 위에서 바라본 세상은 하얗게 나를 가로막고 서 있었고 오로지 나 혼자 눈발이 흩날리는 그곳에 서 있었다. 가슴이 쿵쾅거리고 다리는 후들후들 떨렸다. 간신히 제자리로 돌아오는데 반 아이들은 내게 힐난의 눈길을 보냈다. '담임이 내게 그런 얘기를 했는데, 내가 기억하지 못하는 건가?' 나는 혼란스러웠다. 교무실에 한번 간 적은 있었다. 삼월 둘째 주 어느 날, 기술가정 시간이 끝나고서였다.

"국어 선생님이 그러시던데, 네가 글을 참 잘 쓴다더구나. 지난 주 백두대간 산문쓰기에서도 가장 잘 썼다고 하던데……."

담임으로부터 처음 받은 칭찬에 나는 기분이 좋았다. 그래서 말인데……, 담임은 다음 말을 하려다 교무실로 들어서는 수학 선생님을 보더니 "나중에 다시 부를 테니 교실로 돌아가 있어"라고 했다. 하지만 담임은 나를 다시 부르지 않았다. 그런데 사례 발표 준비를 하라고 했다니……. 나는 가슴이 두방망이질치기 시작했다. 얼굴이 붉게 달아오르고 눈이 내리는 추운 날인데도 등줄기에선 땀이 나서 블라우스가 축축했다. 반장은 교실로 들어가면서 말했다.

"정말, 재는 뭐야. 신학기부터 우리 반 망신시키고, 담임 선생님이 얼굴을 못 들더라니까."

그날 이후 교실 안에서든 밖에서든 담임은 내게 눈길을 주지 않았다. 내가 무언의 시위로 고개를 들고 있어도 애써 외면했다. 반장과 아이들은 나를 투미하고 책임감 없는 애로 취급하기 시작했고 각 과목 선생님들도 그렇게 보는 것 같았다. 나는 담임을 찾아가 따져 묻고 싶었다. 선생님이 언제 내게 그런 말을 했느냐고, 나는 사례 발표에 대해서 들은 바가 없다고. 그런데 왜 그렇게 하지 못했을까.

강인자 선생은 내가 자기한테 다가올까봐, 그래서 항의라도 할까봐 극도의 냉랭한 기운을 뿜어댔다. 불행하게도 그녀는 3년 내내 기술가정 담당으로 나와 같이 올라갔다. 교무실에서 다른 선생들과 새살거리다가도 내가 눈에 보이면 표정을 싹 바꿨다. 나는 베슥거리는 그녀 때문에 학교에 가고 싶지 않았다. 기술가정의 성적은 평균을 밑돌았다. 그러나 더 심각한 것은 내게 무대공포증이 생긴 것이다. 국어시간에 글을 읽지 못했다. 번호대로 돌아가며 하는 낭독시간 때 내 차례가 오면 교실 전체가 일순간 침묵이었다. 아이들의 웅성거림이 시작되면 호흡이 가빠지며 가슴이 두근거리고 시선처리가 불안해졌다. 말을 하다가 더듬는 증세까지 생겨 여러 사람 앞에 서기가 두려웠다. 나는 점차 '소심하고 매사에 자신감 없음'으로 낙인 찍혔다. 내 장래희망은 교사에서 다른 것으로 바뀌기를 반복했다. 사람들 앞에 나서지 않아도 되는 일은 어떤 것일까, 그것이 고민이었다.

시장이 나타나기 전 대회의실에는 아홉 명이 자리를 잡고 앉았다. 강인자 교수를 포함한 세 명은 공석이었다. 강 교수는 3시가 다 되어서야 H대학 '전통식품박물관' 건립 기공식이 오늘이라 참석하기 어렵겠다고 통보해왔다. 시장은 참석하지 않은 사람들에 대해 불편한 마음을 내비쳤다. 정책실장은 몸둘 바를 몰라 하며 다른 두 명의 기업 대표와 강인자 교수를 변론했다. 강인자 교수가 날 알아볼까, 아니 십 년도 훨씬 지난 일인데 알아보지 못할 거야, 라며 애써 편하게 생각하려 했는데 그만 맥이 빠져버렸다. 나는 스피치학원에서 했던 대로 의연하고 능숙하게 식순 사회를 보았다. 발대식이 끝나고 뒤풀이 자리가 이어졌다. 정책실장은 옆자리에 앉은 건축과장이 따라주는 사케를 연거푸 받아마셨다. 나는 초밥 몇 개와 장국으로 입가심을 하며 윤 계장에게 먼저 가도 되겠느냐고 물었다. 그때 강인자 교수 얘기가 나왔다.

"나중에 강 교수가 실장님을 따로 찾아뵙겠다고 하더군요. 지난 번 입찰 때 편의를 봐주신 것도 인사드릴 겸, 한번 오겠다고 합니다."

건축과장은 최대한 소리를 낮춰서 말했다. 하지만 그의 등 뒤에 앉은 나는 그들의 말소리가 점점 작고 낮아져 더욱 집중할 수밖에 없었다. 사람들의 두런거림에 섞여 확연히 구분되는 음습한 목소리. 게다가 강 교수의 이름이 나오는 순간 초밥덩어리가 횡격막에 걸려 멈춰선 듯했다. 강인자 교수가 H대학에서 총장의 신임을 받아 전통식품박물관 유치에 큰 역할을 했다는 건 알고 있었다. 그런데 박물관 시공사 선정 과정에서 미리 입찰할 건설회사와 짜고 건축비를 빼돌렸다는 소문이 있었는데 거기에 정책실장까지 개입된 것인가. 후식으로 집어먹은 단감 한 쪽의 떫은맛이 입 안에 계속 남았다.

세밑이 가까워 온다. 연초에 할당된 예산들을 써대느라 덮었던 상하수도를 다시 뒤집고 보도블록을 갈아 끼우느라 도시 곳곳이 파헤쳐져 있었다. 엊그제부터 내린 눈은 미처 녹지 못하고 빙판이 되었다. 사람들은 뒤뚱거리며 한해의 끄트머리 일상을 꾸역꾸역 정리하고 있었다. 연도를 넘기기 전에 처리해야 할 독거노인후원대책 회의는 정책실장의 부재로 미뤄졌다. 그는 점심시간 이후 어제 만났던 시민대표 몇 명과 함께 골프장으로 직행했다. 물론 시장을 보필하기 위해서라는 명분으로 말이다. 후원단체들과 조율해서 전년과 동일하게 하자는 윤 계장의 퉁명스런 말이 끝났을 때, 정책실장이 외부에서 휴대폰으로 전화를 걸어왔다.

"해원 씨, 오늘 아무래도 들어가기 곤란할 것 같은데? 감사실에 오늘까지 보내야 할 서류가 있어요. 대신 좀 해주겠어요?"

실장이 왜 내게 일을 부탁하는지 알 것 같았다. 정책실장의 책상 맨 아래 칸에 그가 말한 서류가 들어 있었다. 건설공사 종합평가관리는 기획정책실에서 하는 일 중에서도 매우 복잡하고 신경이 많이 쓰이는 일이었다. 서류를 뒤적여보니 H대학의 전통식품박물관 시공사 입찰 건이다. 서류상 문제는 없어 보였다. 책상 서랍을 닫으려는데 같은 크기의 서류가 바닥에 또 하나 들어 있었다. 어제 정책실장이 서둘러 정리하던 것이다. 밀봉되어 있는 그것을 천천히 떼어 보았다. 앞의 것과 같은 종류였다. 그런데 입찰 금액이 달랐다. 시공사는 같지만 금액이 현격하게 차이가 났다. 이 차액을 나눠먹을 사람이 누구누구일지 짐작이 갔다. 나는 복사본을 만들고는 원래대로 붙여 그 자리에 놓았다. 강인자 교수가 유치했다는 전통식품박물관은 농림수산부와 시의 승인을 얻어야 하는 일이었다. 웰빙 열풍에 힘입어 전통식품에 대한 관심이 높아지고 있는 틈을 타 H대에서 발 빠르게 움직였다. 사실, 학교재단의 핵심인물이 강인자 교수를 내세워 지휘하고 있다는 소문도 있었다. 개관을 하면 이곳저곳 이권 개입이 많을 건수라 암암리에 진행하고 있었던 것이다. 나는 정책실장의 책상 서랍을 조용히 닫았다.

금요일이다. 오늘 있을 연말 회식자리에 가고 싶지 않은데 정책실장이 꼭 참석하라고 신신당부를 했다. 지난번 대신 해준 감사실 서류 접수에 성의를 표하겠다는데 난감하다. 시내 중심의 피로연 뷔페에 다른 부서 사람들도 나타나는 걸 보니 후원단체가 있는 모양이었다. 윤 계장과 함께 자리를 잡고 앉았는데 H대학 관계자들이 한 무리 들어왔다. 정책실장이 내게 오라는 눈짓을 보냈다. H대 교무처장과 행정책임자, 교수 몇몇이 앉아 있는 곳이었다. 그곳에 강인자 교수가 있었다. 순간 가슴이 뻐근해지고 입 안 가득 모래가 들어 있는 듯 서걱거렸다.

"우리 정책실에 새로 온 정해원 씨입니다. 이번에 저를 도와 일을 많이 했죠. 능력 있는 여성입니다."

정책실장은 내게도 그들을 소개했고 나는 가볍게 목례를 하고 앉았다. 강인자 교수는 사진보다 더 나이가 들어보였다. 쌍꺼풀의 한 쪽이 풀려 사나워 보이기까지 했다. 조 원장의 말이 떠올랐다. '외상 후 스트레스성 무대공포증을 극복하려면 먼저 그러한 일이 있었던 과거로 되돌아가 상황을 명확한 기억으로 인식함이 첫 번째이다. 감정을 외면하거나 막연히 느끼지 말고, 정면으로 돌파하는 것이 핵심이다.' 나는 마른침을 삼키고 강 교수를 똑바로 쳐다보았다.

"혹시 저 기억하시겠는지요, 선생님. 경문여고 일학년 때 선생님 반이었어요."

그녀는 안경 너머로 나를 바라보았다. 문신한 눈썹이 꿈틀거렸다.

"아, 그래요. 반가워요. 이름이……."

그녀는 내가 내미는 명함을 들여다봤다.

"정해원. 근데 워낙 오래 전이라 기억이 잘……. 미안해요."

"아뇨. 기억 못하시는 게 당연하죠. 그 많은 애들을 어떻게 다 기억하시겠어요. 게다가 저는 특별한 아이도 아니었고……."

얼굴이 달아올랐다. 마음속으로 이러면 안 돼, 라고 소리쳤다. 자기경영 플러스 단계의 항목들이 눈앞에 어른댔다. 그녀 앞에서 목소리가 떨려서도 안 되고 시선을 떼어서는 더욱 안 된다. 나는 눈에 힘을 주었다.

"맞아요. 애들이 워낙 많아서……. 그리고 경문여고에는 얼마 있지 않았죠. 결혼하고 나서 곧 박사 과정 하느라 사직했고……."

그녀는 학교가 떠들썩하게 소문을 만들며 다섯 살 연하인 수학 선생님과 결혼했다. 그런데 지금 남편은 그 수학 선생이 아니라 대학 재단 이사회 소속 교수라고 했다.

"선생님이 대학교수가 되셨다는 건 동창들한테 들었어요. 아주 오래 전에요."

"아, 그래요. 요즘 공무원 되기도 굉장히 힘들다던데 대단하군요."

강 교수는 깍듯하지만 뭔가 석연치 않은 표정으로 와인 한 잔을 건넸다. 와인의 맛은 그녀의 표정만큼이나 떨떠름했다. 금세 목덜미가 뜨거워지며 뭉글뭉글 아래로부터 뭔가가 치밀어올라왔다.

"말씀 낮추세요, 교수님. 근데 정말 경문에 계셨을 때 기억이 하나도 안 나세요?"

순간, 강 교수 얼굴이 굳어졌다. 하지만 그녀는 곧 얼굴 근육을 풀었다.

"미안하군요. 내가 이제 나이가 많아서 기억력이 엉망이지 뭡니까. 요즘 더 자주 깜박깜박해요."

"이거 참, 잘 됐습니다. 해원 씨, 강 교수님 제자니 앞으로 적극적으로 도와드리세요."

정책실장은 과도하게 웃으며 한마디 거들고는 시장과 다른 교수들이 앉아 있는 자리로 갔다. 나는 웃지 않고 강 교수를 바라보았다. 늙어서 기억 못한다니, 그녀는 이제 겨우 오십이 지났을 뿐이다. 그녀는 표정관리가 힘들었는지 냅킨으로 입술 주위만 누르고 있었다. 모르는 척 수학 선생님 안부를 물으니 주위 사람들을 의식해서일까, 눈빛이 흔들렸다. 강 교수는 핸드백에서 명함을 꺼냈다.

"언제 시간 날 때, 학교로 한번 오세요. 좀 더 자세히 들으면 생각날 것 같기도 하군요."

그녀는 정책실장을 따라 시장과 교수들이 있는 쪽으로 황망히 자리를 옮겼다. 망각의 숲을 지나온 그녀에게 애써 그곳으로 다시 돌아가보라는 내가 우스운 꼴이 되었다. 호탕한 웃음을 터뜨리는 정책실장과 고고한 표정을 연출하는 강 교수의 무리들을 바라보았다. 이쪽을 의식하는 듯한 강 교수와 이따금 눈이 마주쳤다. 시간이 지나자 사람들은 우르르 나가고 기획정책실 직원들은 2차 장소로 옮긴다고 어수선했다. 나는 무리에서 빠져나왔다. '강인자 교수는 나를 기억해야 해. 어떻게 잊어버릴 수 있어?'

도심의 간판들은 휘황했다. 그 아래 사람들이 떼를 지어 드나들고 있었다. 백화점 광장 앞에 커다란 트리 장식이 화려한 점멸을 반복하고 있다. 갑자기 구토가 치밀어올랐다. 와인 몇 잔에 취할 리가 없는데……. '내 시간만 멈춰져 있었던 거야? 나만 그 골짜기 학교 조회대 위에 남겨졌던 거로군.'

강인자 교수를 뷔페 화장실에서 다시 만났을 때 그녀는 여전히 견고한 표정이었다. 시장이나 정책실장도 쥐락펴락할 수 있는 그녀의 힘, 진로 변경을 위해 남자도 거침없이 차버릴 수 있는 냉정함. 나는 가방 속에서 복사본 입찰 서류를 꺼냈다. 차액이 자그마치 17억 원이었다. 그 순간 '욱' 하고 바닥에 와인 빛의 오물이 쏟아졌다. 주변의 하얗던 눈이 싸르륵 녹아들어갔다. 나는 자리에 주저앉아 입 안에 있던 것들을 마저 뱉어냈다. 누군가 등을 두드렸다. 생수병을 내미는 손, 조 원장이다.

"얼마나 마신 거죠? 이런 모습 처음이네요."

조 원장은 한쪽 어깨에 카메라 가방을 메고 있었다.

"트리 사진을 찍고 있었어요. 해원 씨가 걸어오는 걸 보고 서두르느라 제대로 못 찍었지요."

그의 사진이 취미 수준을 넘었다는 건 그의 사진전시회에서 확인했다. 그가 조금 웃었다. 오늘 밤, 조 원장과의 일대일 상담이 필요했다.

"원장님, 제가 오늘 누굴 만났는지 아세요?"

나는 서류를 다시 가방에 넣으며 조 원장에게 말했다. 그는 내 어깨를 잡아 일으켜세웠다.

"데려다줄게요. 갑시다."

조 원장의 차를 타고 가면서 쉬지 않고 그에게 말을 쏟아냈다. 조회대로 올라가기 전, 전교생이 보는 앞에서 선생님이 나한테 아무 말 안 해줬다고 항변할 수도 있었어요. 하지만 내가 그렇게 말해버리면 선생님 입장이 곤란해질 것 같다는 생각을 했던 거죠. 그래서 모든 시선들이 내게 쏠리는 그 순간에도 입술을 꽉 깨물고 얼굴만 붉어져 있었던 거라구요. 그런데 선생님이 그 뒤로 내게 어떻게 했는지 아세요? 수업시간에 저를 쳐다보지도 않더군요. 그리고는 내게 모멸감을 주기 시작했어요. 내가 선생님을 배려해준 대가로 뭘 바란 것도 아닌데 말이죠. 자습시간에 군것질하러 반 애들이 우르르 나갔다 들켰을 때, 선생님은 내게만 반성문을 쓰게 했어요. 아이들을 선동한 게 나래요. 엄마는 선생님한테 와서 머리를 조아리고……. 나만 잘못한 것도 아닌데 말이죠. 조 원장은 고개를 끄덕여주었다.

나중에는 선생님이 미리 얘길 했는데 내가 기억하지 못하는 건 아닌가, 라는 생각도 했죠. 하지만 그건 아니었어요. 고3이 된 어느 날, 강인자 선생이 나한테 말했어요. 그날은 야간자습 감독을 하느라 그녀가 학교에 남아 있었을 때죠. 화장실에 다녀오다가 복도에서 그녀와 맞부딪쳤어요. 흐릿한 형광불빛 아래서 느닷없이 나를 만나 놀랐는지, 선생님은 히스테릭하게 소리치더군요.

"너는 지독히도 내 앞에서 왔다갔다 하는구나. 그래, 그때 너한테 교무실로 오라고 해놓고 내가 설명 안 해준 거 맞아. 수학 선생 때문에 너한테 얘기했다고 착각한 거지."

그녀는 알고 있었던 거예요. 실수를 인정하니 그만 용서하려고 했죠.

그런데…….

조 원장은 길가에 차를 세웠다. 나는 쉬지 않고 이야기를 뱉어냈다. 그는 묵묵히 내 얘기를 들어주었다. 고치가 실을 뽑아내듯 내가 쏟아놓은 말들이 뭉쳐 허공을 맴돌았다.

"원장님, 그게 지우면 간단해지는 칠판에 적힌 글씨 같은 게 아니잖아요. 제가 뷔페 화장실에서 만난 강인자 교수한테 다시 물었어요. 그러면 선생님이 수학 선생님 앞에서 저의 뺨을 때린 건 기억나시는지요? 그랬더니 강 교수가 그러더군요. 난 기억이 나지 않아요. 경문여고에 있었던 건 맞지만 그런 일이나 그런 학생이 있었는지 잘 모르겠네요. 그리고 너무 오래된 이야기로군요. 나는 그렇게 말하는 강 교수를 똑바로 쳐다보았어요. 그녀의 눈빛이 흔들리나 했는데 그게 아니었어요. 흔들리는 건 내 눈이었죠. 눈물이 나오려구 했어요. 하지만 원장님이 가르쳐준 것처럼 안 돼, 하며 마인드컨트롤을 했지요."

조 원장이 등을 토닥토닥 두드려주었다.

"기억나지 않는다는 그녀의 말은 단호하더군요. 거기서 제가 뭘 더 할 수 있겠어요? 그 여자는 그 시간으로 가보려고 애쓰지도 않더군요. 미안해하지도 않는 표정이었죠. 그 여자의 굵은 쌍꺼풀이 정말 싫어요."

나는 고개를 들어 밀려가고 밀려오는 자동차 불빛을 바라보았다. 그 불빛 속에 눈발은 다시 흩날리고 있었다.

야자시간에 내 짝과 경문동산에 갔어요. 우린 둘 다 자습시간의 답답함을 못 견뎌했죠. 공부보다는, 헤세나 카뮈 얘기를 했어요. 그 애 아버지는 독문과 교수였죠. 그 애 집에 가봤어요. 천정까지 쌓여 있는 책을 보고 그 애와 오랫동안 친해야겠다고 마음먹었죠. 내 짝은 날마다 아버지 책을 가지고 와 내 책상 속에 넣어주더군요. 우리는 자습시간이면 동산으로 도망갔죠. 숨 막힐 것 같은 교실에 앉아 있느니 책 얘기를 하다 끝에는 은밀하게 속내를 털어놓는 일이 더 좋았어요. 그런데 담임인 수학 선생님이 우릴 잡으러 왔어요. 이제 죽었다, 고 생각했는데 선생님은 내가 들고 있는『양철북』을 보고 영화 얘기를 해주시더군요. 지금까지도 이해가 잘 안 되는 작품이라면서요. 그 뒤부터 담임은 동산에서 우리랑 얘기하다 마무리 시간이 다 되어 허겁지겁 내려가곤 했어요. 담임이 강인자 선생과 결혼할 거라는 소문이 돌기 시작하고 한 달쯤 뒤였나, 내 짝이 결석을 해서 나 혼자 동산에 갔어요. 담임 선생님이 올라와 이야기를 나누고 있었는데 누군가 빠르게 올라오는 소리가 났어요. 그러더니 내게 달려와 다짜고짜 뺨을 후려치더군요. 앙큼한 기집애, 라면서 말예요. 강인자 선생이었어요. 어찌나 아팠던지 눈물이 났어요.

한번에 너무나 많은 말을 쏟아내서인지 목울대가 뜨거워졌다. 나는 마른침을 삼키고는 계속 이야기를 했다. 그 후, 담임하고 눈을 마주치고 싶지 않았어요. 왠지 선생님을 보고 있으면 안 될 것 같았어요. 이상한 소문도 돌기 시작했구요. 나 때문에 강인자 선생이 담임과 깨졌다고 말예요. 하지만 웬걸요. 그 해 가을에 둘은 결혼했어요. 나는 대입고사를 치르고 그 학교를 떠나기까지 매일매일 허방을 짚는 것 같은 기분이었죠. 원장님, 제 얘기 듣고 있나요?

조 원장은 계속 앞을 보고 있었지만 눈길은 어둠 저 너머를 보고 있었다. 그는 다른 이들은 모두 건너가버린 강가에 서 있는 나를 기다려 주는 것 같았다.

"듣고 있어요, 얘기해요. 해원 씨가 얼마나 깊숙이 베였는지 짐작할 수 있을 것 같군요."

조 원장은 생수병을 내밀었다. 나는 고개를 돌려 그를 바라보았다. 내가 아닌데 그걸 짐작할 수 있겠어요? 그는 고개를 끄덕였다. 본인이 아니기 때문에 짐작만 할 수 있을 뿐이죠.

조 원장은 다시 차를 움직였다. 나는 입을 다물고 점점 굵어지는 눈발을 보았다. 눈송이들이 유리창에 부딪혀 자동차 뒤편으로 사라져갔다. 조 원장은 와이퍼를 자주 움직였다. 얼마를 갔을까. 어디선가 본 듯한 풍경들이 시야에 들어왔다. 갈마사거리를 지나고 권율 장군 동상이 서 있는 거리도 지났다. 즐비하게 늘어서 있는 체육사들을 지나 차가 멈춘 곳은 산과 산이 맞닿은 곳에 있는 경문여고 앞이었다. 나는 조 원장을 바라보았다. 그는 구두가 푹푹 빠지는 것도 아랑곳하지 않고 성큼성큼 학교 안으로 들어갔다. 아주 오랜 시간이 흘렀지만 그곳 골짜기는 변함이 없었다. 경문동산 언덕 위에 있는 오래된 기숙사, 운동장 가에 늘어선 측백나무가 무겁게 눈을 인 채로 침묵하고 있었다. 바람이 눈을 몰아 운동장 스탠드에 부딪혔다 돌아왔다.

조 원장이 내 손을 이끌었다. 해원 씨의 시간은 여기에서 멈췄고 강 교수의 시간은 저만치 흘러가버렸어요. 운동장은 눈 속에 고요했다. 온몸으로 눈을 맞고 있는 국기게양대며 철봉대, 운동장 가의 폐타이어 다리들. 십칠 년 전 그대로 시간이 멈춰선 듯했다. 조 원장이 말했다. 조회대 위로 올라가요. 그리고 말해요, 해원 씨가 하고 싶었던 얘기.

조회대로 올라가는 난간은 차가웠다. 녹슨 철 냄새가 비릿하게 났다. 나는 그 위에서 강 교수에겐지, 누구에겐지 모르게 소리를 질렀다.

"비겁해요! 선생님은 비겁했어! 어떻게 학생한테 뒤집어씌울 수 있어요? 한번도 아니고, 게다가 없는 소문까지 만들어내면서……. 지금도 그래요. 가짜 입찰 서류를 만들었다구요. 이거 보세요. 17억이나 챙겨먹으려고 해요."

나는 가방에서 강 교수가 준 명함과 복사한 서류를 꺼내 흔들었다. 그녀가 학교로 찾아오랬어요. 그러면 기억이 날지도 모른다고 하더군요. 이번에는 가만히 있지 않고 내가 하고 싶은 얘기를 하겠어요. 나는 난간을 부여잡고 있던 손에 힘을 주었다. 조회대 아래서 기다려준 조원장은 내가 내려오자 가만히 안아주었다.

차들이 모두 어디로 갔는지 돌아오는 길이 뻥 뚫렸다. 눈발은 더욱 세차게 날리기 시작했다. 윈도브러시로 자주 밀어내도 창 앞 보닛 위에 쌓이는 눈은 묵직했다. 라디오에서 오늘 밤 내내 쌓일 것이라는 기상청의 예보를 들려주었다. 문득 엄마 생각이 났다.

"원장님, 저기 할인 마트 앞에 차 좀 세워주시겠어요. 눈이 많이 올 것 같아요. 내일 엄마가 마트에 가기 전에 내가 사가지고 들어가게요."

귀족세탁소

귀족세탁소

놀이터에는 혁수가 벌써 나와 있었다. 약속시간에서 십오 분이나 지나 있었지만 녀석은 내게 왜 늦었느냐고 재촉하지 않았다. 당연히 올 거라고 생각한 것이다. 그에게 강희 이야기를 한 것은 나니까. 갑자기 바람이 불었다. 놀이터를 둘러싸고 있는 소나무의 뾰족한 잎들이 일시에 찾아드는 불안감처럼 내 눈을 찌르는 듯했다.

"야자는 어떻게 뺐니? 담임한테 말했어?"

늦은 데 대한 미안한 마음으로 나는 평소답지 않게 나긋하게 말했다.

"아니, 그냥 나왔어. 끝나는 시간에 맞춰 다시 들어가봐야 해. 혹시나 해서 자전거도 한 대 구해왔다. 하다 들키면 튀자."

역시 혁수였다. 입학할 때 단 두 명에게만 주는 이사장 장학금을 받고 영수 우수반에서도 일등만 하는 혁수였다. 녀석이 자청해서 물색해준 세탁소는 자기네 빌라 단지 입구에 있었다. '귀족세탁소'라는 거창한 이름이 붙은 곳이었다. 세탁소 이름이 무슨 귀족이야. 그럼 평민들은 이런 곳에 세탁물도 못 맡기나. 유리에 선팅된 NC라는 로고가 얄밉게 도드라져 보였다. 일 년에 서너 번, 그것도 교복 치마를 줄이거나 패딩 점퍼 정도를 맡기기 위해 우리 동네 세탁소에 가봤던 나는 명품 버버리 코트가 잔뜩 걸린 그곳이 체인점으로 운영된다는 걸 혁수에게 들었다. 더도 말고 버버리코트 하나만 걷어다 팔면 우선 필요한 비용을 마련할 수 있다는 거였다. 세상에 그런 코트 하나가 몇 백만 원이나 한다니 놀라웠다. 중고라도 진품이면 절반 이상 값은 받을 수 있다. 혁수가 가르쳐준 사이트에서 어떤 것이 고가로 팔리는지 보고 모양을 찜해두었다. 어깨를 늘어뜨린 강희 모습이 떠올랐다. 어떻게든 돈을 마련해야 했다. 코트를 파는 것은 혁수가 맡기로 했다.

"할 수 있겠지? 그냥 옷 하나 걷어오는 거야. 가벼운 거라 부담도 없어."

녀석은 마치 빨랫줄에서 다 마른 옷 하나 걷어오는 것처럼 얘기하고 있었다. 중고 사이트에 나온 것들 중 많은 게 그렇게 나온 것이라고 했다. 우리는 이틀 전에 그곳 가까이 가서 사전 모의를 했다. 세탁소 위치와 버버리코트가 걸린 코너, 주인이 어떤 사람인가, 처음에 들어가 무슨 말을 할 것인지 등을 꼼꼼하게 체크했다. 그리고 오늘 밤, 그 일을 실행하기로 합의했다.

혁수가 사는 빌라 단지는 언덕 위에 있었다. 바다가 내려다보이는 그 언덕 위 동네는 밤이면 활처럼 휜 백사장을 따라 들어선 건물들이 휘황

찬란한 빛을 내뿜는 야경을 볼 수 있는 곳이었다. 처음으로 야간자율학습을 빼먹고 혁수와 함께 바라보았던 그곳은 외국 그림엽서나 사진집들에서 볼 수 있는 것처럼 낯설었다. 언덕을 따라 잘 지어진 빌라들이 위용을 뽐내고 있는 그곳 초입에 비닐을 씌운 옷들이 사열하듯 걸려 있는 세탁소가 있었다. 혁수와 나는 그곳을 향해 걸었다. 바람을 등지고 걷느라 몸을 움츠린 나를 보고 혁수는 겁나면 지금이라도 돌아가면 돼, 라고 속삭였다.

"아냐, 겁나긴……. 할 수 있어. 그냥 복도에서 그거 하나 가져오는 건데 뭐."

나는 애써 괜찮은 척했지만 속으로는 두려웠다. 혁수는 내 등을 감싸 안을 듯 어깨를 두른 팔에 힘을 주었다.

상가 끝부분에 세탁소가 있어 옷을 맡기러 가는 사람 외엔 지나다니는 사람이 거의 없었다. 게다가 지난 번에 왔을 때 있었던 다른 직원 둘은 세탁물을 배달하러 갔는지 보이지 않았다. 기막힌 타이밍이다. 어쩌면 이 시간을 택한 것도 주도면밀한 혁수의 계획에 포함된 일인지도 모르지. 혁수가 가방에서 운동화 한 켤레를 꺼냈다. 진흙이 덕지덕지 묻은 그것은 검은 비닐봉지 안에 들어 있었다. 혁수는 그것을 가지고 세탁소 안으로 들어갔다. 내가 행동해야 할 시간을 가늠해보았다. 그리고 몇 번째 행거에서 코트를 벗겨와야 할지도 눈으로 짐작해두었다. 코트가 빽빽하게 걸려 있어 몸을 숨길 수 있었다. 주인이 혁수의 운동화에 정신을 쏟고 있는 사이 나는 주저앉아 코트 자락을 움켜쥐었다. 비닐의 자박거림이 내 귀에 크게 들렸다. 가슴이 심하게 요동치기 시작했다. 비닐 안으로 손을 깊숙이 넣어 휘리릭 코트를 잡아챘다. 새 옷에서 나는 냄새와는 확연히 다른 기름 냄새가 코를 찔렀다. 나는 코트를 가방 속에 쑤셔넣고 잰걸음으로 상가를 빠져 나왔다. 뛸 수는 없었다. 누가 보기라도 하면 의심을 받을 수 있기 때문이었다. 등줄기에서 식은 땀이 골을 타고 흐르는 느낌이 들었다. 바람이 부는데도 얼굴은 화끈거렸다. 어서 여기를 벗어나야지, 하는 생각뿐이었다.

놀이터에서 혁수를 기다렸다. 오동나무에 아직 달려 있는 몇 개 잎들이 바람에 뒤집히며 내 뺨을 후려치는 것 같았다. 그것을 오롯이 맞으며 어쩐지 나는 그 나무 아래서 계속 그를 기다려야만 할 것 같았다. 핸드폰 진동이 느껴졌다. '나 일단 학교로 다시 들어간다. 코트 잘 보관하고 있어.' 나쁜 녀석, 지금 내가 얼마나 두려워하고 있는지 그런 건 안중에도 없군. 아무 일도 없었던 것처럼 제자리로 돌아가 공부를 하겠다는 거네. 재수 없는 자식. 갑자기 녀석을 향한 서운함이 밀려들었다.

그가 이 와중에도 학교로 돌아가 알리바이를 꿰어맞춰야 하는 야간 자율학습은 내겐 별 의미가 없다. 고구마를 삼킨 듯 빽빽하고 숨쉬기조차 힘든 그 분위기를 나는 참을 수가 없기 때문이다. 아이들은 잘도 견뎌내는 것 같지만 실은 핸드폰이나 들여다보며 게임을 하거나 음악을 듣는 게 다였다. 성적이 좋은 앞자리의 초롱초롱한 몇을 제외하곤 모두가 시간을 뭉개고 있는 것이다. 혁수는 그 몇 중에서도 집중력이 단연 최고다. 녀석의 자리에는 늘 수학 문제집이 펼쳐져 있었지만 역시 문제를 푼 흔적은 없다. 그는 수학 문제를 풀 때 눈으로, 마음으로 푼다고 했다. 내가 의아한 눈으로 정말 그게 가능하냐고 했더니 자기 문제집을 보여주었다. 풋, 정말 잘나셨군. 마음으로 문제를 풀다니, 뭘 그렇게 대단하게 치장하구 그래. 그냥 머리가 좀 괜찮다, 노력을 많이 한다, 그렇게 얘기하면 되지. 나는 그에게 퉁박을 주며 시큰둥한 척했지만 혁수는 아랑곳하지 않았다. 그 녀석은 늘 나보다 한 수 위였다.

1학기 중간고사가 시작되기 전 선생들은 일제히 수행평가를 내주기 시작했다. 혼자서 읽고 써내는 국어나 영어 과제는 괜찮았지만 사회 수행평가는 삼삼오오 조를 짜서 해야 할 과제였다. 아이들이 서로 바라보며 팀을 만들고 주제를 정하고 할 때, 나는 그런 것들이 몹시 귀찮다는 표정으로 앉아 있었다. 쉬는 시간 혁수가 내 등을 툭 쳤다.

"나 하는 데 낄래?"

마다할 이유는 없었다, 공부 잘하는 녀석의 팀에서는 그저 따라다니면 거저먹는 점수를 받는다는 걸 알고 있었기 때문에. 점수가 욕심나서라기보다는 여자애들 수다에 하루도 빠짐없이 오르내리는 녀석이 내게 손을 내밀어준 게 의아해서 더 생각해보지 않고 고개를 끄덕였다. 사회 선생이 내준 과제는 '현대인의 삶의 질'이라는 거창한 주제였는데 각 팀이 전체 테마에 부합하는 소주제를 정해 조사하고 분석해서 써내는 것이었다. 우리가 정한 소주제는 '재개발지구의 사람들'이었다. 사회 선생이 운동권 전력이 있다는 것을 들었는지 혁수는 선생이 혹할 만한 것을 테마로 잡았다. 치밀한 녀석, 나는 그가 하는 것을 지켜보았다. 혁수는 다른 아이들처럼 인터넷에 의존하지 않았다. 까짓것, 그냥 앉아서 짜깁기할 수도 있는데 그러면 진정성이 없다는 알아듣기 어려운 말로 나와 애들을 꼬드겨 달동네나 재개발 임대아파트로 데리고 다녔다.

'그래. 열공하삼. 난 강희한테 간다.' 답을 보내고 오래 방치된 가로등이 희붐한 빛을 내고 있는 놀이터를 빠져나왔다.

강희는 병원 현관 입구에 나와 있었다. 조금 전 할머니를 면회하러 들어갔는데 잠이 든 모습이라고. 강희가 그렇게 얘기하는데 나는 마치 돌아가셨다고 하는 줄 알았다. 강희는 처음에 할머니 모습을 제대로 볼 수가 없었다. 머리와 몸에 온갖 의료용 기구를 다 붙이고 여기저기 호스를 주렁주렁 꽂아서 빈틈이 없는 만신창이가 된 강희 할머니였다. 처음 사고가 났을 때, 그 자리에서 병원으로 옮겼다면 괜찮았을 텐데, 경찰에서는 2차 사고가 있었을 거라고 추측했다. 할머니는 안개가 걷힐 때까지 누구에게도 발견되지 않았다. 그 새벽, 거리에 쓰러진 사람을 두고 뺑소니를 치다니, 어떤 놈인지 찾으면 가만두지 않을 것이다.

강희의 어깨가 끈 떨어진 나무인형처럼 축 늘어졌다. 다시 일어나지 못할 것처럼 주저앉아 관절 마디마디가 꺾여버린 절체인형을 어떻게 하면 팽팽하게 일으켜 세울까, 나는 강희의 어깨에 손을 얹었다.

"할머니가 널 알아보기는 하시니?"

강희는 고개를 저었다. 그리고는 천천히 고개를 들어 나를 올려다보았다. 강희는 나보다 한 뼘이나 작은 키였다.

"잘 모르는 거 같아. 계속 눈을 감아버려. 못 일어날 것 같다고……. 의사 선생님이 마음의 준비는 하고 있으래."

강희 할머니를 치고 달아난 차량은 단서조차 찾지 못하고 있다. 비가 온 다음 날 새벽이라 골목 CCTV에는 뿌옇게 가라앉은 안개만 찍혔다. 경찰에서 목격자를 찾는다는 현수막을 걸어두었지만 현장을 보았다는 사람은 아직 한 명도 나타나지 않았다. 그러니까 경찰에서도 손을 놓고 있는 상태다. 할머니는 그 새벽에도 밤 사이 누군가가 갖다버렸을 빈 술병과 음료 캔, 박스들을 챙기기 위해 나갔다 사고를 당한 것이다. 신시가지 건너편 중심거리에는 음식점이나 술집, 노래방이 밀집해 있어서 새벽 일찍 나가면 그런 재활용품을 많이 건질 수 있다. 우리 엄마가 하는 7080노래방도 그곳 어귀에 있었다.

"빵소니 차를 못 잡으면 어쩌지. 할머니가 저대로 계속 누워 계시면……."

강희는 절망적인 이 상황을 입속으로 자꾸 되뇌었다. 무슨 대답을 해줘야 할지 몰라 나는 강희 등만 자꾸 어루만졌다. 사고가 나기 전만 해도 강희 할머니는 정정한 노인이었다. 일흔이 넘긴 했어도 아침저녁으로 복지관에 가서 다른 노인들 밥도 해주고 남는 시간엔 틈틈이 폐지나 재활용품을 거둬 팔기도 했다. 저소득층 지원 대상으로 보조금도 받아서 강희와 그냥저냥 살 만은 했다.

"이모 할머니하고는 연락이 되었니?"

"담당 경찰관이 동사무소로 연락해서 알아봐준대. 그 주소가 오래 전 거라 쉽지는 않겠지만……."

강희는 이 엄청난 일을 혼자 감당해야 하는 게 두려운 것이다. 친척을 찾을 수 있는 단서라는 게 이모할머니가 오래 전에 할머니한테 보낸 편지 몇 통뿐이니 꼭 연락이 된다는 보장도 없었다.

"너 암것두 못 먹은 얼굴이네. 이렇게 힘이 없어서 어떡하냐."

나는 할머니한테 가봐야 한다는 강희 손을 잡아끌고는 편의점에 가서 삼각김밥과 우유를 사 주었다. 사실, 강희는 삼각김밥 포장을 한번도 제대로 뜯어본 적이 없다. 늘 비닐과 김을 같이 떼거나 밥을 부숴버린다. 강희가 못하는 그것을 나는 아주 잘 한다. 어렸을 때부터 엄마는 내게 편의점 음식들을 사나르곤 했다. 언제나 내가 포장을 벗겨 강희에게 주었다. 강희는 우유팩도 꼭 반대편을 열어서 줄줄 흘려 둘이 마주보고 킥킥거렸다. 그럴 때의 강희 모습은 차도에 멈춰선 오리새끼 같았다. 어미 뒤만 졸졸 따라다니는 새끼를 데리고 나쁜 데는 가면 안 될 것 같았다. 수업 시간에 졸다가도 강희가 선생님이 뭐래? 라고 옆구리를 찌르면 나는 어떤 때보다 정신이 번쩍 났다.

강희와 가까워진 것은 2학년이 되고 얼마 지나지 않아서였다. 설악산으로 간다는 수학여행은 내게 마음의 부담으로 다가왔다. 버스 하나에 한 반이 모두 들어가기에는 아이들 수가 남아돌았다. 담임은 일고여덟 명의 아이들을 잘라서 한 버스에 배치해주었다. 친한 무리들은 둘씩 셋씩 짝을 지어 여행에 필요한 것들을 사러다녔다. 이박삼일 동안 같은 자리에 앉고, 밥을 함께 먹으며, 관람하러 들르는 모든 곳을 팔짱 끼고 다닐 수 있는 친구가 내겐 없었다. 내 짝은 친한 친구들과 함께 저쪽 버스에 타기로 했다며 들떠 있었다. 수학여행은 내게 '왕따'임을 확인시켜주는 시간이 될 뿐이다. 일 년 간의 홈스테이에서 돌아와 한 살 아래인 아이들과 같은 학년이 된 나는 모든 게 불편했다. 철없고 짜증나는 남자애들이나 조잘대며 저희끼리 수다 떠는 계집애들 모두 마찬가지였다. 수학여행 계획으로 떠들썩한 교실 한쪽에서 강희는 아무 말도 없었다. 내 옆 분단 한 칸 앞에 있던 강희는 간혹 아이들의 수다를 부러운 듯 바라보기만 했다.

'정말 싫다. 수학여행이라니……. 내게 그건 사치일 뿐이다.' 강희 책상 밑에 까맣게 반복해 써서 찢어진 종이가 떨어져 있었다. 청소시간도 아니었는데 그게 왜 내 눈에 띄었을까. 강희는 교탁 위에 놓인 수학여행 명단에서 빠져 있었다. 담임은 수학여행을 가지 않는 사람들은 다음 주까지 사유서를 제출하라고 했다. 그리고 다른 아이들이 여행 가 있는 동안에도 학교에 나와서 자습을 해야 한다고 했다. 나는 수학여행비가 없어서, 우리 집이 너무 가난해서 못 간다고 거짓 사유서를 써냈다. 거기에 엄마 도장을 훔쳐서 찍었다. 그런데 강희는 정말 돈을 내지 못해 학교에 남았다. 수학여행을 가지 못한 대여섯 명의 아이들은 교감 선생님 감독 하에 3교시까지 자습을 하고 집으로 돌아갔다. 나는 엄마에게서 받은 수학여행비를 사흘 만에 모두 써버렸다, 강희와 함께. 그 사흘은 내게 가장 신나고 짜릿한 날이었다. 걸어다니는 사람들의 종아리가 말갛게 보이는 반지하 단칸방 강희네 집에서 나는 잠이 오지 않았지만 내 옆에 누군가 있다는 것만으로도 가슴이 부풀어 올랐다. 엄마가 나를 브롱스 홈스테이에 처박아둔 일 년 내내 나는 혼자였고 침묵 속에 살았다.

수학여행 둘째 날, 비가 내렸다. 강희 할머니와 강희, 그리고 나는 커다란 목욕바구니에 비누와 샴푸 등을 챙겨서 청수탕으로 갔다. 강희와 함께 검은 우산을 쓰고 슬리퍼를 찰박거리며 물안개가 깔려 있는 거리를 지났다. 지금쯤, 수학여행 간 아이들은 비나 실컷 맞겠네, 꼼짝없이 숙소에 처박혀 있겠지, 라며 우리는 키들키들 웃었다. 할머니가 수학여행을 못 보낸 손녀를 위해 작은 호사를 베풀어주신 것이다. 나는 강희의 작은 가슴을 보았다. 한 손 안에 넣고 싶을 정도로 작고 투명한 가슴을 가진 강희의 살 냄새는 비누 냄새와 섞여 내 안에 자리를 틀었다.

강희는 중환자실 가족대기실에서 며칠째 지내고 있었다. 마음의 준비를 하라니, 어떻게 그런 말을 애한테 할 수 있는 거지. 나는 그 의사 얼굴이 궁금했다. 그런 말은 강희에게 할 것이 아니라 강희네 이모할머니나 그와 함께 찾게 될 가족들에게 해야 하지. 할머니가 저러고 있는 것만으로 얼마나 큰 고통인데 거기다 죽음까지 감당하라고?

담임은 강희가 계속 결석하고 있는데도 무슨 일인지 묻지 않았다. 내가 강희랑 친해지고 나서 왕따가 아니란 걸 증명하듯 보이고 있는데 나를 투명인간 취급했다. 담임에게 먼저 말을 걸고 싶지 않다. 혁수 같은 녀석이라야 담임 눈에 제격이겠지. 그 여자는 선생으로서 함량 미달이다. 누군가의 생채기에 소금 문질러 대는 일 따위를 아무렇지도 않게 하고 있으니 말이다.

1학기 기말고사 성적이 나온 날 담임은 종례시간에 신경질을 냈다.

"우리 반 무료급식 대상자들 다 일어나! 아니, 니놈들은 성적이 뭐 이 따위야. 밥 먹여줬으면 제 값을 해야지. 반 평균 깎아먹는 니들 때문에 세금을 얼마나 많이 내는지 알아!"

아무렇지 않게 내지르는 그녀의 말이 깨진 유리조각처럼 강희한테가 꽂혔다. 다섯 명의 아이들이 고개를 떨어뜨린 채 일어났지만, 담임은 창밖을 바라보고 있는 강희를 쳐다보았다. 아이들 시선은 담임의 눈길이 닿는 곳으로 옮겨갔다. 강희는 꼼짝 않고 운동장을 가로질러가는 바람만을 응시하고 있었다. 담임은 얼굴이 일그러지더니 기어이 대상자 명단을 불러버렸다. 강희는 이를 악물고 버티고 있었고 등은 몹시 흔들렸다. 나는 당장 달려가 담임을 패대기쳐 버리고 싶었다.

"아이씨, 참 여긴 개새끼들만 있나."

나는 개새끼를 더 세게 발음했다. 그리고 나서 책상 위에 있던 필통을 바닥에 내리쳤다. 철로 만든 필통 안에 있던 것들이 쏟아져 파열음을 냈다. 담임과 아이들이 놀란 눈으로 나를 바라보았다.

"야! 서이정, 너 지금 뭐라 그랬어!"

담임은 파르르해져서 소리 질렀다. 아이들에게 강희는 이미 관심 밖이었다.

"개새끼한테도 이렇게는 안 하겠네."

"야! 누가 개새끼야. 너 지금 선생을 뭘로 보고……."

담임은 성질을 못 이겨 숨이 넘어갈 듯 뒷목을 부여잡았다. 난, 아무렇지 않았다. 절대 쓰러질 담임이 아니다. 담임은 오버하는 게 일상이다. 다음 날 엄마가 학교로 찾아왔다. 그리고 집으로 돌아가 머리를 싸매고 누웠다. 담임은 틈만 나면 엄마를 호출한다. 그 다음날 체육시간이 끝나고 엄마는 반 애들한테 피자와 음료수를 돌렸다. 엄마가 뒤처리하느라 드는 돈을 내게 직접 주면 좋을 텐데, 그러면 엄마 인생에서 조용히 사라져줄 텐데 말이다.

"이정아, 혁수가 병원비 걱정하지 말라고 문자 왔던데……, 니가 얘기했지?"

강희는 우유를 마시다 말고 나를 보며 말했다. 뭐 하러 혁수한테 그런 얘기를 했느냐는 뜻이었다. 나는 강희가 말로 하지 않은 것까지 모두 알 수 있었다. 그녀의 표정만 봐도, 흔들리는 눈동자만 보아도, 솟아나는 땀만 보아도 알 수 있었다. 그런데 혁수 녀석 선수를 치다니, 내가 강희한테 말하려고 했는데…….

"응, 그러게. 무슨 생각이 있나 보지 뭐."

나는 시큰둥하게 대답했다. 혁수, 이건 반칙이다. 나를 통하지 않고 강희한테 가는 건.

어느 새 그걸 처분하다니, 혁수는 정말 대단한 녀석이다. 부모의 결혼기념일에 훔친 명품 코트를 알선하기란 쉬운 일이 아니다. 하긴, 혁수 아버지는 녀석이 하는 말이라면 뭐든 다 믿는다니까. 진품을 원래 가격의 반값으로 살 수 있게 해준 아들 녀석을 대견해 하더라고 말하며 혁수는 빙글거렸다. 그는 인터넷 사이트 몇 군데만 돌아다니면 되는 일이라고 빼기기까지 하며 자기 아버지한테 코트 값을 받아냈다. 하긴 전교 일이등 하는 아들의 말이니 뭐든 믿지 않을까. 그것보다는 혁수가 새엄마라는 여자에게 줄 선물을 직접 골라왔다는 데 기분이 좋아진 것일지도 모른다. 혁수 아버지는 그의 새 여자와의 결혼기념일에 아들이 훔친 버버리코트를 아내에게 선물한 셈이다.

혁수 엄마는 혁수가 일곱 살 때, 동생을 낳다가 저세상으로 갔다. 녀석은 어린 나이였지만 죽는다는 것은 더 이상 그 사람을 만날 수 없는 일이란 걸 알았다. 오히려 아버지를 위로하기까지 했다니 혁수의 또 다른 면이다. 혁수는 유난히 비 오는 날을 싫어했는데 그건 어릴 때 갑자기 비가 오면 우산을 가져다줄 엄마가 없어서 그 비를 다 맞으며 집으로 가야 했기 때문이다. 혁수가 나와 닮은 점이 있다면 혼자 남겨져 견뎌내던 것들이 많다는 것이다.

이런 얘기들을 혁수는 꼭 자기 방으로 불러들인 날에 한다. 나무젓가락에 끼운 담배를 길게 빨아들이는 모습을 보고 나는 웃음을 터트렸다.

“그게 뭐냐, 차라리 안 피우고 말겠다.”

내가 비아냥거리면 녀석은 내 귓바퀴에 담배 연기를 밀어넣는다. 혁수가 왜 나를 골랐을까. 언젠가 한번 지나가는 말로 물었더니 녀석은 내 허리 라인이 죽여준다는 말을 했다. 그러면서 여자 냄새를 풍기지 않아 좋다는데 그게 혁수의 취향인 듯했다. 녀석이야 공부 잘하는 수재겠다, 외모도 뭐, 그런 대로 봐줄 만하다. 어쭙잖게 범생이 흉내를 내고 있지만 그것도 부자연스럽지는 않다. 소문엔 영수 우수반 여자애들이 혁수에게 말 한번 붙여보려고 그렇게 야단들이라나. 알 것 같기도 하다. 나한테서는 녀석이 무슨 웃기는 짓을 하든, 어떤 대단한 비밀을 털어놓든 새나가지 않을 테니까.

수행평가 마무리 작업 때, 혁수는 멤버들을 자기 집으로 오라고 했다. 신시가지에 건물이 두 개나 있다는 혁수 아버지는 새엄마와 제주도 골프 여행 중이었다. 마무리를 같이 하기로 한 아이들이 논술과외 때문에 조금 늦게 온다고 했을 때 혁수는 내게 여자를 안아보는 게 어떤 건지 알고 싶다고 말했다. 그래서 나는 그렇게 해보라고 했더니 녀석은 정말 좋아했다. 나는 별로였다. 녀석한테서는 담배 냄새가 너무 많이 났기 때문이다. 선생들이나 다른 애들은 혁수가 완전 범생인 줄 안다. 하지만 난 그 녀석의 구린 냄새를 알고 있다. 브롱스의 그 집에서 나던 냄새와 비슷했다. 엄마가 신시가지 유학원에 갖다준 돈이 상당한 걸로 아는데 원장은 나를 제일 후진 집에다 배정했다. 식구들이 출근하고 나면 그 집의 그랜드마더는 하루 종일 포르노프로그램을 틀어놓고 속옷 바람으로 소파에 앉아 우유에 만 프레이크를 씹었다. 처음에는 적응이 되지 않았다. 2층 계단을 오르내릴 때 화면 밖으로 튀어나오는 교성은 나를 움찔거리게 만들었다. 원장에게 말해서 집을 바꿔달라고 할 수도 있었지만 그 집 근처에 있는 호수와 공원이 좋아서 참기로 했다. 나중에는 그 노파 곁에 가서 같이 TV를 보며 피자를 나눠먹기도 했다. 포르노 영화란 게 다 거기서 거기였다.

혁수가 아버지한테서 받은 돈은 생각보다 많았다. 얼마 전 엄마가 어떤 남자에게서 받았다는 명품 가방이 몇 백만 원이 넘는 거라고 자랑하는 소리를 들었다. 물론, 엄마가 받은 명품 가방이 동대문시장에 가면 십만 원도 안 되는 가짜라는 게 밝혀지자 엄마가 나쁜 놈, 죽일 놈, 해가며 그 남자에게 악다구니를 퍼부어댄 건 두말할 필요도 없다.

중고 버버리코트 값으로 삼백만 원이나 되는 돈을 선뜻 내줬다는 혁수 아버지가 궁금해졌다. 혁수는 확실히 아버지보다 한 수 위이다.

강희에게 혁수로부터 받은 돈을 건넸다. 처음에는 녀석한테 강희 얘기를 하지 않는 건데 괜히 했나 싶기도 했다. 그렇지만 곧 혁수도 강희에게 호감을 갖고 있으니 그의 폼나는 영웅심을 발휘하기에 적절한 기회 아닌가, 라고 생각했다. 혁수처럼 능력 있는 녀석의 도움을 받는 것도 나쁠 것은 없다. 더구나 뺑소니 차량을 언제 찾아서 할머니 병원비를 낼 수 있을지도 알 수 없는데. 강희는 우리가 도둑질을 해서 마련한 것을 알면 기겁할 것이다.

"아르바이트 자리 알아보고 있어. 곧 갚는다고 전해줘."

강희는 혁수가 아버지한테 말해서 빌려준 걸로 알고 있다. 강희 말을 들으며 응, 하고 대답하는데 내 목소리가 흔들렸다.

다음날 나는 담임의 호출을 받았다.

"어서 얘기 안 해? 엄마 오라고 할까? 그나마 코트만 다시 돌려주면 경찰에 넘기지는 않겠다더라."

나는 고개를 떨어뜨리고 담임 책상 위 먼지를 바라보았다. 이제 막 교무실로 들이밀기 시작하는 아침 햇살은 아주 사소한 것까지 보여주었다. 여기저기 조심성 없이 마구 그어댄 칼자국, 마시다 흘린 커피와 일회용 컵에 묻은 립스틱 자국.

"너 같은 애가 그런 짓 할 때는 분명 누구랑 같이 했을 거 아냐. 누구니? 어서 안 불어!"

담임은 기회를 잡았다는 듯 다그치기 시작했다. 그녀는 1학기 때 개새끼 운운했던 일을 빌미로 틈만 나면 엄마한테 전화를 했다. 학교에 와서는 늘 엎드려 졸고, 담임 시간에도 듣는 둥 마는 둥 하는 내가 그녀에게는 눈엣가시다. 학생부에서 점찍은 문제아니 전학을 시키라는 말도 서슴없이 한다. 그런 날 다음이면 엄마는 담임을 학교 밖에서 따로 만난다. 담임한테 전교 일등 혁수와 같이 했다고 말한다면 놀라 기절할지도 모른다. 책상 위에는 보충수업 시간에 쓰는 영어 교재가 펼쳐져 있었다. 다음 시간에 나갈 진도인 듯했다. 문제 옆에 연필로 조그맣게 답이 적혀 있었다. 지우개 가루는 여기저기 흩어져 있었고 내가

서 있는 발 아래에도 소복했다. 어느 것 하나 제대로 닫혀 있지 않은 서랍들 중 맨 아래 칸에서 뜯어진 위스퍼 봉지가 비죽 얼굴을 내비치고 있었다. '아, 담임도 저걸 쓰는군.' 문득 담임이 나와 같은 여자라는 걸 잊고 있었구나 싶었다. 그녀는 아직 삼십대임에도 깊은 주름이 많아 사십이 훨씬 넘어보였다. 위에서 내려다보니 그녀의 정수리 머리카락도 뭉텅 빠져 있었다. 돈을 무척 밝히는 담임은 머지않아 대머리가 될지도 모른다.

세탁소 건은 나 혼자 한 일이라고 말했으나 그녀는 믿지 않는 눈치였다. 다시 한번 내일까지 말하지 않으면 어떤 조치가 내릴지 모른다며 겁을 주었다. 교실로 돌아왔다. 아이들은 인터넷 특강을 들으러 갔는지 아무도 없었다. 다행이었다. 담임이 학교에 오자마자 교무실로 오라고 할 때부터 아이들은 저희들끼리 수군대기 시작했다. 사건의 내막은 알지도 못하면서, 뭔가 큰일이 일어났다고 생각하는 것이다. 사실, 아이들 안중에 나는 없다. 자기들보다 한 살 많은 내가 껄끄러운 존재일 수 있으며 괜히 가까워지면 귀찮아질지도 모르기 때문일 것이다. 어쩌면 입이 가벼운 담임은 내가 도둑질을 했다고 아이들에게 얘기했을 수도 있다. 얼어 있는 늪 가운데 던져진 신발짝처럼 나는 이제 가라앉는 일만 남았다. 햇살에 얼음이 녹아 물 밑으로 가라앉을 때까지 꼼짝없이 견뎌야 하겠지. 하긴, 언제나 혼자 하는 일은 충분히 잘 견딘다는 것이다. 강희까지 학교에 오지 않으니 더욱 혼자라는 게 확연하다. 혁수 녀석은 교실 안에서 내게 눈길 한번 주지 않는다. 우리는 그 녀석 방에서만 조우하는 관계다.

우리가 이틀 전에 사전 답사를 했건만 통로에까지 카메라가 설치되었는지는 확인하지 못했다. 제길, 휘리릭 코트를 잡아채는 내 모습이 CCTV에 찍힌 것이다. 재수없게도 그 코트 출고 날짜가 어제일 게 뭐람. 그런데 세탁소 사장은 어떻게 우리 학교까지 찾아온 걸까. 2교시가 시작되기 전 교실로 돌아온 혁수는 나를 바라보았다. 카톡에 남긴 내 메모를 봤는지 얼굴이 좀 굳어 있다. 내가 불지 않을 것을 알고 있었겠지만, 내게 입을 열지 말라는 듯 움직이는 그의 입 모양이 비겁한 느낌이었다. 확, 불어버릴까. 슬그머니 심통이 고개를 치켜들었다.

내일까지는 유예기간이다. 어떤 조치가 내려질 것인지는 나도 알 수 있다. 우선은 세탁소 주인에게 버버리코트를 돌려주어야 일이 해결될 것이다. 그렇지 않으면 나는 경찰서로 가야 하겠지. 엄마한테 연락이 갈 것이고, 엄마는 내게 그 따위 짓이나 하고 다니려면 집에서 나가라고 소리칠 것이다. 그러면 나는 어디로 가야 하지. 내가 떠나면 엄마는 홀가분해 할까. 지금이라도 나 때문에 어그러져버린 가수의 꿈을 이룰 수 있을까? 그럴지도 모르겠다. 이번에는 스폰서를 제대로 잡은 거 같으니까.

하루를 어떻게 견뎠는지 모르겠다. 다행히 아이들은 사태를 잘 모르는지 도둑질, 버버리코트 같은 단어를 입 밖에 내지 않았다. 다만 곁눈질로 내 얼굴을 흘끔거리다 눈이 마주치면 새쭉거렸고, 고개를 돌리고는 저희들끼리 키득거렸다. 7교시 보충까지 꼼짝없이 견디다 학교를 빠져나왔다.

거리는 어둠이 깔리기 시작했다. 얼마 전부터 이곳도 옆 동네 신시가

지와 닮은 모습을 띠기 시작했다. 곳곳에 아파트가 들어서고 그곳을 둘러싼 담장들이 세워졌다. 담은 고층 아파트를 다 가릴 수 있을 정도로 높아서 마치 무슨 성곽처럼 보인다. 예전 같으면 질러갈 수 있는 길을 새로 만들어진 담벼락을 따라 둘러나가야 했다. 새로 깐 보도블록은 급조했는지 꿀럭거리는 곳이 많았다. 어제 내린 비가 스며들어 흙탕물이 복병처럼 튀어올랐다. 교복 치마를 부여잡고 걷는데 핸드폰 진동이 느껴졌다. 혁수였다.

'1교시 야자만 하고 나간다. 우리 동네 맥도널드에서 보자.'

혁수는 생각보다 일찍 도착했다. 그런데 녀석의 손에 엊그제 내가 걷어온 버버리코트가 들려 있었다.

"이거 그거 맞는 거야? 우리가 걷어온 거……."

훔쳤다는 표현은 죽어도 쓰기 싫어서 걷어왔다고 했다. 이게 뭐 마른 옷 하나 걷어오는 정도로 끝날 일은 아닌데 말이다.

"어떻게 된 거니? 코트는 아버지한테 갖다주지 않았어?"

혁수는 교실에서의 표정과는 달랐다. 내게 코트가 든 쇼핑백을 내밀며 씩 웃기까지 했다.

"이벤트 시즌은 지났어. 내가 짝퉁이랑 바꿔치기 했지."

아버지가 젊은 새엄마에게 결혼기념일 선물로 준 진짜를 가지고 오고 그 자리에 인터넷 중고시장에서 구한 가짜를 걸어놓았다는 것이다. 새엄마가 이 옷을 언제 입을지는 모르겠지만 진짜인지 가짜인지 구별할 안목이 없다고 했다. 혁수 표현을 빌리자면 똥인지 오줌인지 모르는 여자라는 것이다. 말머리가 있는 상표는 다 버버리인 줄 안다나. 녀석은 내 허리를 감싸안았다. 나중에 어찌 되든 우선은 자기 실수로 CCTV에 찍힌 나를 구하는 게 먼저라며 내 귀에 대고 속삭였다. 하긴 주도면밀하다 자부한 그의 이력에 실수가 생긴 것이니, 내게 체면이 안 서는 것도 있겠다. 어차피 코트만 돌려주면 문제 삼지 않을 것이다. 이 일이 알려지면 자기네 동네 호반빌리지 사람들이 명품 같은 거 다신 안 맡길 거니까 쉬쉬하며 해결하려 한다고 담임이 교감과 얘기하는 걸 들었다고 했다.

"훔치는 것보다 돌려주러 가는 게 더 겁난다. 같이 갈래? 담임이 누구랑 했는지 불라 그러던데……. 어쩌지?"

나는 혁수가 건네주는 쇼핑백을 받으며 녀석을 떠보았다.

"너희 동네 세탁소라 널 기억하지 않을까?"

혁수를 걱정해서 한 말이었다. 그런데 혁수는 아무렇지 않은 듯했다.

"그건 걱정하지 마. 난 어차피 운동화 세탁 맡기는 손님이었지. 담임한테 나랑 같이 했다고 말하면 안 된다. 그러면 나, 작살난다. 딴 데로 전학가야 할지도 몰라."

혁수는 학교에서 자기 위치가 어떤 건지 알지 않느냐는 표정으로 내 눈을 뚫어지게 보았다. 흠, 역시 그랬군. 머리 좋은 이 녀석, 제가 빠져나갈 구멍은 미리 다 만들어놨던 거였어. 물론 나는 말하지 않을 것이다. 함구해야 오래오래 혁수와 모의할 수 있다는 걸 난 알고 있다. 혁수가 부부 동반 모임에 간 부모 귀가 시간을 가늠해보며 자기 방으로 가자고 했다.

"귀족세탁소에 같이 가주면 오늘은 니네 집 말고 우리 집으로 가도 돼. 우리 엄마 기획사 대표랑 여행 갔어."

나는 녀석을 갖고 놀고 싶어졌다. 엄마는 기획사나 방송 관계자를 만나러 다니느라 요즘 뻔질나게 서울을 드나든다. 나 때문에 포기했던 가수가 되고 싶은 것이다. 내가 생각해도 7080노래방에서 그동안 갈고 닦은 실력을 썩히기엔 너무 아깝다. 동안이라는 남들의 아부도 있지만 삼십대로 보이는 외모다. 혁수는 내가 거는 조건을 거절했다. 그럴 줄 알았다. 부풀어올랐던 녀석의 앞섶은 급격하게 정돈되었다. 강희라면 같이 가줄 텐데……. 하지만 할머니 곁에 있는 강희를 불러낼 수는 없다. 게다가 강희가 이 일을 알게 되면 안 된다.

집에 들러 나는 교복을 벗고 그날 입었던 카키색 트레이닝복으로 갈아입었다. 운동화 한 짝을 꿰는데 도어락 여는 소리가 났다. 엄마가 벌써 돌아올 리 없는데…….

"야, 서이정 너 지금 어디 가는 거야? 또 도둑질 하러 가?"

엄마가 찢어질 듯한 쇳소리를 냈다. 담임은 그예 전화를 했나 보다. 엄마는 곧장 내 머리채를 낚아챘다. 신발 한 쪽을 마저 신고 나가버렸으면 차라리 좋았을 텐데. 머리카락은 엄마의 손가락에 감겼다가 다시 한번 더 당겨졌다. 머리 밑이 온통 들떠 어디론가 달려가는 듯한 아픔이 느껴졌다.

"이게, 내 발목을 잡더니 이제는 도둑질까지 해? 어디 너 오늘 나갈 수 있나 봐라."

너 죽고 나 죽자는 식으로 악다구니를 퍼붓는 서슬 퍼런 엄마가 오늘 참 낯설었다. 안 되는 모든 일이 다 내 탓인 양 그녀는 그악스럽게 내 머리카락을 그러쥔 손아귀에 힘을 더 주었다. 분노는 엄마 몫이 아니다.

그런 건 내가 엄마에게 내질러야 하는 거 아닌가. 나는 선택의 여지가 없었다. 엄마는 내 권력이었다.

나는 엄마의 손을 마구 치기 시작했다. 내 안에서도 힘이 솟는 걸 알 수 있었다.

"어디서 굴러왔는지도 모르는 나 같은 거, 도둑질을 하든 몸을 팔든 무슨 상관이야."

엄마 손아귀에서 힘이 빠졌다. 나는 목이 터져라 소리를 질렀다.

"누가 나 같은 걸 낳으래? 왜 갖다버리지 그랬어. 이제라도 사라져주면 될 거 아냐. 사라져준다고. 그게 엄마가 원하는 거니까."

나는 엄마의 손을 물었다. 정말 세게 물었더니 금방 나가떨어졌다. 아파서 죽겠다는 엄마를 뒤로 하고 나는 현관문을 박차고 튀어나왔다. 곧장 계단을 뛰어내려와 달리기 시작했다. 이제 정말 나는 엄마 곁을 떠나야 할 것 같았다. 나를 낳고 처음엔 입양 보낼 생각을 했다. 그러지 못한 게 후회된다고 친구와 통화하는 걸 들어버렸다.

집에서 나와 강희가 있는 병원으로 갔다. 그런데 창백해진 강희가 혁수 어깨에 기대어 있었다. 혁수는 나와 헤어져 곧장 강희에게 온 것이었다. 나는 혁수를 쏘아보았다. 녀석은 어깨를 으쓱해 보이더니 내 팔을 잡아당겨 강희 옆에 앉혔다.

"할머니, 오늘 밤 넘기기 힘들다고 했대. 아까 담당의사가 하는 말을 듣고 얘가 이러는 거야."

병원 측에서 강희 이모할머니를 수소문하던 교통경찰에게 연락을 취했다. 이모할머니란 사람의 행방을 진작 알았었는데 경찰은 직무태

만이었다. 강희 할머니의 동생, 강희에게는 이모할머니가 되는 사람과 오랫동안 소식이 끊어졌던 형제 몇이 왔다. 중환자실 면회시간이 다 끝나기도 전에 강희 할머니는 저세상으로 갔다. 안개가 짙은 새벽 교통사고를 당한 지 보름 만에, 중환자실에서 강희 혼자 남겨두고 눈을 감았다. 이제 정말 강희는 고아가 되었다. 빈소는 병원 지하에 있는 장례식장에 마련되었다. 검은 상복을 입고 머리에 하얀 리본을 단 강희 모습이 근조 화환 속의 시든 국화 같았다. 장례식장으로 들어가는 입구 전광판에서 죽은 이들의 빈소를 알려주고 있었다. 할머니 모습은 네 번째 화면에 나왔다. 서말자 향년 74세, 상주 여강희. 강희가 상주이다. 찾아오는 문상객도 없고 울음도 잦아든 밤이 깊어갔다. 할머니 영정 사진은 신분증 사진을 다시 찍은 것이라 희미했다. 그래서 오히려 우리를 보며 미소 짓는 듯했다.

담임이 전화를 했다. 내가 코트를 가져오지 않아서 세탁소 주인이 경찰에 사건 접수를 했다는 것이다. 교장한테까지 이야기가 전달되었고 학교운영위원회를 거쳐 나에게 정학 처분이 내려졌다고 통보를 해왔다. 어젯밤 집을 뛰쳐나오면서 현관 입구에 그 코트가 들어 있는 쇼핑백을 두고 나왔는데 유예 시간이 이미 지났던 것이다. 나는 그래도 지금 강희 곁을 떠날 수 없다. 할머니를 잃은 슬픔에 쓰러질 것 같은 강희를 두고 학교로 달려가고 싶지 않았다.

경찰은 담임과 똑같은 것을 물었다. 누구랑 했느냐는 것이다. 역시 나 혼자 했다고 그랬다. 왜 그랬냐는 질문에는 돈이 필요해서라고 했다.

"무슨 소리야? 세상에 돈이 필요하다고 세탁소 옷을 걷어다 파는 녀석이 어딨냐? 그리고 그걸 사는 녀석들은 뭐고……."

청소년 범죄 담당자라는 경찰은 뭘 모르는 것 같다. 생전 명품 사이트는 구경도 하지 못한 사람일지 모른다. 어른들은 자기가 아는 것이 다가 아닌데 그걸 철석같이 믿고들 산다. 웃기는 세상이다. 그래서 그다지 믿을 것 못되는 세상, 나 때문에 꼬여버린 대로 산다는 엄마가 나를 다시 세상 밖으로 돌려보내주면 좋겠다. 그런데 혼자 가는 것은 싫다. 누구든 같이 세상 밖의 그곳을 떠돌다 사라지고 싶다. 엄마가 세탁소 주인에게 코트를 돌려주고 선처를 부탁한다고 울고불고 하는 바람에 재미없게도 나는 금방 풀려났다. 초범이라는 것과 곧 고3이 되니 회개할 기회를 주자는 것이다. 처음부터 나는 후회할 일은 안 하는 스타일인데 참, 뭘 모르는 사람들이다.

강희 할머니 발인 날이다. 혼자서 울고 있을 강희에게로 가기 위해 나는 택시를 탔다. 하늘은 낮게 가라앉아 있었고 봄철도 아닌데 난데없이 황사가 뿌옇게 끼어서 택시 기사는 헤드라이트를 켜고 달렸다. 라디오에서 '겨울철에 황사가 나타나 특보까지 발령하기는 극히 이례적이다'며 호흡기질환에 유의하라는 기상전문가의 말이 흘러나왔다. 병원에 도착했을 때, 나는 먼지 속에 부유하는 또 다른 것을 보았다. 눈이 내리고 있었다. 첫눈이다. 눈은 미세먼지를 머금고 바닥으로 떨어져 금세 녹아 내렸다. 눈앞이 환해졌다.

병원 장례식장 앞에 할머니 영정 사진을 들고 차에 오르려는 강희 모습이 보였다. 나는 눈 속에 섞인 먼지보다도 더 가볍게 강희에게로 날아갔다.

아버지의 섬에서
길 찾기를 종료하다

아버지의 섬에서 길 찾기를 종료하다

너무 먼 길을 달려왔다. 여덟 시에 출발해 금강휴게소 한 군데만 들렀을 뿐 점심도 거른 채 여기까지 왔다. 뱃속에서 느껴지는 허기보다 여기서부터는 또 어떻게 찾아가지 하는 막막함에 기운이 빠져버렸다. 분명 아버지는 이곳으로 왔을 것이다. 고기를 잡으며 그토록 보고 싶어 했던 바다를 실컷 보고 있을지 모른다.

찝찔한 바다 내음이 차 안 가득해지자 나는 울컥하고 심한 욕지기가 느껴졌다. 서둘러 창문을 닫고 길 찾기를 종료해버린 내비게이션을 바라보았다. 부산시 강서구 천가동 52번지. 부산에 편입되어 있는 곳이지만 이곳은 분명 섬이다.

"아버님이 어디 계신 줄 알고 찾아나선다는 거야. 그리고 거기가 어딘데 짐작만 가지고 떠난다고 이 난린지 모르겠네. 자기 몸이나 추스르지 않고…….”

오늘 아침 남편은 다녀오겠다는 내 말에 답답하다는 듯 몇 마디를 던지고 출근했다. 그렇지만 끝까지 말리지 않은 것은 아버지 때문에 며칠째 잠을 못 이룬 걸 알고 있었기 때문이다. 난 그렇게 생각하고 싶었다.

부둣가 쪽에 주차를 하고 우선 생수 한 병을 사서 벌컥 마셨다. 갈증이 가시자 뭐라도 먹어야겠다는 생각이 들어 근처 식당으로 들어가 자리를 잡고 앉았다. 점심시간이 한참 지나서 그런지 손님은 나 혼자뿐이다. 육십은 넘어보이는 여자가 주문한 된장찌개를 끓이며 선하품을 했다.

“아주머니, 혹시 용호건어물 아세요? 여기서 아주 오래된 곳이라던데…….”

찌개가 끓는 동안 몇 가지 밑반찬을 담던 그녀는 손길을 멈추고 뒤돌아 나를 바라보았다.

“와요? 거기 없어진 지가 언젠데……. 그 집이 돈을 억수로 벌어갖고 펜숀인가 뭔가를 짓고 산다카든데…….”

“그래요? 그 펜션이 어딘 줄은 모르시구요?”

갑자기 나는 조급해졌다.

“남쪽 끝에 있는 동두말이라카든데……. 거 왜 가덕도 등대 있는 데 안 있는교?”

등대 있는 마을이라면 바다가 잘 보이는 곳이겠지, 아버지도 그쯤 어딘가에 계시리라 믿고 싶었다. 여자는 오래 전부터 그 가게와 거래를 했다며 용호건어물은 없어졌지만 둘째아들이 새로 지은 수산물센터에서 젓갈과 건어물 장사를 한다는 얘기를 들려주었다. 어쩌면 의외로 쉽게 아버지를 찾을 수 있을지도 모르겠다는 생각이 들었다. 둘째아들이라면……. 그때 보았던 남자애일까. 이십 년도 훨씬 지났다. 아버지가 천양호에서 내려 다른 일을 찾고 있을 때, 나와 동생을 데리고 이곳에 왔었다. 그때는 부산에서 배를 타고 왔는데 지금은 거제도까지 이어지는 다리가 놓이면서 자동차로도 다닐 수 있는 길이 만들어졌다.

겨울 초입으로 접어들던 그때 부둣가는 을씨년스러웠다. 바람에 검은 비닐 봉지가 여기저기 날리고 생선비늘 같은 것들이 군데군데 눌러 붙어 있는 부두는 지저분했다. 날씨 탓인지 지나다니는 사람들도 보이지 않았다. 이 낯선 곳에서 아버지를 잃어버리면 어쩌나 하는 두려움이 밀려와 아버지 손을 그러쥐고 다른 한 손으로는 남동생 손을 꼭 잡았다. 하지만 아버지 친구가 한다는 건어물 가게에 도착하니 바깥과는 달랐다. 밝은 형광등이 가게 안 이곳저곳을 비추고 있어 환하고 따뜻했다. 게다가 하얀 오징어 속살이며 붉은 새우, 희번덕거리는 큰 멸치며 잔멸치 등이 바구니 곳곳에 가득 담겨 있었다. 무엇보다도 내 입맛을 다시게 했던 것은 줄줄이 걸어놓은 말린 문어였다. 아버지가 친구와 마른 멸치에 소주를 마시고 있는 사이 가게를 들락날락하며 몰래몰래 문어꽃을 하나씩 따서 입속에 넣고 오물거렸다. 이까짓 빨판 같은 것은 없어도 될 거라며 나중에는 잔뜩 뜯어서 호주머니에 넣기도 했다. 그때 가게 안쪽에서 어떤 사내아이가 튀어나오며 소리쳤다.

“아부지예. 저 가스나가 문어발 다 따묵심더. 그라모 못팔아 묵는다고 아부지가 그랬다 아입니꺼.”

아이는 가무잡잡한 얼굴에 큰눈을 부라리며 말했다. 그의 아버지는 껄껄 웃으며 대답했다.

"개안타. 이 자슥아. 영아 많이 묵으래이. 저 녀석이 괜히 그라는 기다."

그 아이는 자기 아버지 말에 씩씩거리며 나를 노려보았다. 그때 아버지 친구가 저 녀석이 우리 둘째 놈이라고 말했던 기억이 난다. 된장찌개는 별 맛이 없었다. 엄마의 고깃집 차돌박이 된장찌개에 비하면 비릿하고 맹숭맹숭했다.

아버지가 또 집을 나갔다고 말하는 엄마 목소리는 걱정스러운 것이 아니었다. 이번에도 어디 가서 한 몇 달 있다 오겠지, 라며 이미 아버지에 대해선 체념한 말투였다. 단지 네가 그렇게 챙기는 아버지, 또 집을 나간 거나 알고 있으라는 통보였다. 하긴 엄마는 아버지가 없으면 자유로울 것이고 밤낮 전화해서 저 화상 어쩌냐, 같은 소리는 하지 않을 것이다. 엄마 가게에 단골로 드나드는 홍 사장이나 김 교수 앞에서도 마음놓고 웃을 수 있으니 오히려 홀가분하겠지. 아버지는 처음부터 엄마 가게에 나가지 말았어야 했다.

부산에서 아버지는 냉동식품 납품일이며, 간장이나 겨자 같은 소스를 만드는 공장을 차리기도 했는데 잘 되지 않았다. 어느 해인가 아버지는 지리산으로 들어가 한동안 나오지 않아 엄마가 소스 공장을 대신하다 빚만 지게 되었다. 산에서 돌아온 아버지와 엄마는 하루가 멀다 하게 다퉜고 우리 삼남매는 서로 자기 방에 틀어박혀 나오지 않았다. 부산에서의 지리멸렬했던 생활을 청산하고 외삼촌이 있는 서울로 옮긴 후, 아버지는 말수가 줄어들었다. 외삼촌이 봉천시장 통에서 하던 불고기집을 정리하고 엄마랑 같이 청우갈비를 개업한 후, 아버지는 숯불 피우는 일이나 주차 관리 등 허드렛일만 하게 되었다. 나는 곱게 화장하고 손님을 맞는 엄마와 달리 숯검정이 묻고 추레한 아버지 모습이 보기 싫어 가게에는 잘 나가지 않았다.

수산물센터는 지은 지 얼마 되지 않은 듯했다. 건물은 깨끗해 보였지만 생선 비린내와 쿰쿰하게 썩어들어가는 젓갈 냄새, 하수구 냄새들로 신가덕도 수산물센터의 '신'이라는 글자가 무색할 지경이었다. 상호를 바꾸지 않은 용호건어물상회에는 눈이 부리부리한 남자가 아내로 보이는 키가 작달막한 여자와 함께 자리를 지키고 있었다.

"뭐 좀 드릴까예? 젓갈 찾습니꺼?"

"아뇨, 저 뭐 좀 여쭤볼까 해서 왔는데요."

아버지 친구의 이름을 대자 그녀는 남편을 불렀다. 문어빨판 때문에 주눅들었던 그때가 떠올랐다. 남자도 지난 시간 속에서 그때를 건져올린 듯 나와 남동생의 이름을 기억해냈다. 내가 찾아온 이유를 말했다. 그는 요즘 본가에 통 가보지 못해 누가 와 계신지 모르겠다며 펜션 전화번호를 알려주었다. 돌아나오는 내 등 뒤에 그가 말했다.

"아버지 찾으면 다시 한번 오소."

남자는 아버지가 그곳에 있는 것처럼 말하고 있었다. 나는 고개를 숙여 감사하다는 표시를 했다. 어릴 때 보았던 기억 때문인지 그가 낯설지 않았다.

삼남매 중 아버지 모습을 쏙 빼닮은 건 남동생이지만 성격이 비슷한

건 나였다. 좋아하는 음식이나 일하는 방식도 엄마보다는 아버지에게 많이 가닿았다. 자라면서 나는 엄마처럼 되지 않겠다고 생각했다. 아버지가 배를 타고 몇 달씩 집에 들어오지 않을 때 엄마는 아무나 불러 퍼질러앉아 먹고 마시며 웃음을 흩뿌려댔다. 학교에서 돌아오면 늘 방안 가득 앉아 있던 동네 여자들. 수제비며 부침개를 해먹는다, 삼겹살을 구워먹는다, 해가며 여기저기 재료들을 펼쳐놓고 엄마는 수다스럽게 떠들었다. 학교에서 못다 읽은『폭풍의 언덕』은 대여섯 페이지를 넘기지 못하고 밀쳐둬야 했다. 엄마는 지금도 가끔 젊었을 때 동네 여자들하고 몰려다니며 놀던 때가 좋았다는 얘기를 한다. 분명 내가 그 시절 얘기들을 좋아하지 않는다는 걸 알면서도 신명이 나서 그때 얘기를 늘어놓는다. 네 엄마라는 사람은 머리가 진공상태라 어쩔 수가 없다고 아버지는 아버지대로 내게 푸념 같은 걸 한 적이 있었다. 아주 오래 전 어느 날엔가 엄마는 며칠 전에 샀던 구두랑 똑같은 걸 사들고 들어왔다. 신발장에는 그녀의 구두가 가득 들어차 있어 다른 식구들 신발 넣을 자리는 없었다.

가덕도 최남단에 위치한 아버지 친구의 집은 펜션이라기보다는 민박집 정도였다. 식당 아주머니가 펜숀인가 뭔가라고 하였는데 그 뭔가에 해당하는 것이다. 그렇지만 바로 옆에 등대가 있어 여름 한철 손님이 끊이지 않는다고 하였다. 하얀 등대는 우리나라에서 두 번째로 큰 것인데 여름방학이나 '바다의 날'에는 사람들이 등대에서 잠을 자는 행사를 했다. 등대. 물결 위에 비치는 달그림자를 바라보며 먼 데서 오는 배들의 이정표 노릇을 할 수 있다면……. 아버지는 등대지기를 꿈꿨는지도 모르겠다. 아버지는 가끔씩 지갑 안에 들어 있던 먼 이국의 바다 풍경들을, 등대가 있는 바다 사진들을 보여주었다. 천양호가 들렀던 곳이라고 했다. 그리고 가끔은 어떤 단발머리 소녀의 사진도 보여주었다.

"아버지 이 애는 누구예요?"

아버지는 그냥 동생이라고만 말했다. 내 일가친척 중에 고모는 없다.

몇 년 전 아버지와 인천 송도 앞바다에 간 적이 있었다. 담배를 많이 피우던 아버지는 폐암에 걸렸나 검사하러 갔다가 예상과는 달리 위암 수술을 받았다. 다행히 빠른 회복을 보여서 집으로 돌아왔을 때 아버지는 내게 바다가 보고 싶다고 했다. 움직이면 안 될 것 같다는 남편의 말도 듣지 않고 아버지를 모시고 그곳에 갔다. 11월이었는데 바닷바람은 칼처럼 매서웠다. 희끗희끗한 머리카락 사이로 바다 먼 곳을 응시하는 아버지 눈에서 물기가 보였다. 나는 바람이 불어 헝클어지는 머리에 정신을 쏟는 척했다.

그런데 아버지는 이곳에도 없었다.

"그때 천양호에 같이 탔던 이들 중에서 제일 사람 좋은 친구였지."

아버지는 누구에게나 좋은 사람으로 기억되는 품성을 지녔다. 흔히 말하는, 법 없이도 산다는 그런 사람. 하지만 엄마는 그런 아버지를 못 견뎌했다. 아저씨는 아버지와 나이도 같았고 또 고향도 가까운 곳이라 오랫동안 친구로 지낼 수 있었던 거라며 아버지 걱정을 했다. 근래 몇 해 동안 아버지가 한번씩 내려와 가덕도 양식장에서 몇 달씩 머무르기도 했지만 이번에는 오지 않았다고 했다. 아버지는 어딜 간 것일까. 이번에도 아버지가 돌아올 때까지 마냥 기다리고 있어야 할지 모르겠다.

얼마 전 꿈에 나타난 아버지 모습이 머릿속에서 지워지지 않는다. 내 집 수족관에 허옇게 배를 드러내고 둥둥 떠 있던 붉은 금붕어, 빨간 신호등을 건너는 아버지, 곧이어 달려오는 푸른 트럭, 피투성이가 된 아버지의 모습.

꿈속의 일들이 생생했다. 식은땀과 함께 그날 흥건하게 요를 적셨던 붉은 빛. 이번에도 지켜주지 못했다. 벌써 세 번째이다. 이번 같은 경우엔 두 달을 꼬박 병원에 입원해서 안정을 취했는데 집으로 돌아온 지 얼마 있지 않아 흘려내린 것이다. 남편은 이제 나에게 위로 따위의 말은 더 이상 하지 않았다. 대신 시어머니가 전화를 했다.

"아무래도 안 되겠다. 뭔가 조치를 해야지. 한두 번도 아니고……. 며칠 몸 추스르고 나면 김포로 좀 오너라."

김포에는 가지 않았다. 뭔가 조치를 취한다는 것이 무얼 의미하는지 알고 싶지 않았다. 남편이 입양에 대한 안내 책자를 식탁 위에 올려놓고 나갔지만 손도 대지 않고 그대로 두었다.

아저씨의 민박에서 하룻밤을 묵기로 했다. 여기까지 오느라 너무 많은 시간을 자동차에서 보냈다. 저녁 무렵이 되자 스산한 기운이 들어 몸이 으슬으슬해졌다. 오늘 밤 서울로 돌아가는 것은 무리였다. 아저씨가 안내해준 이층 첫 호실 문을 열자 밖에서 보던 것과는 달리 근사한 펜션 같은 실내가 나타났다. 공들여 지은 듯 나뭇결이 고운 창틀과 바다가 그대로 바라다 보이는 큰 창문, 체크 무늬로 된 침대 커버가 소박하고 정갈했다. 샤워를 하고 나오니 방이 따뜻해져 있었다. 새우처럼 등을 구부리고 얼마 동안을 그렇게 잤는지……. 또 아버지를 보았다. 그런데 이번에는 아버지 혼자가 아니었다. 조그만 계집아이 손을 잡고 길을 건너던 아버지가 내가 부르는 소리에 뒤를 돌아보았다. 그런데 아버지 얼굴빛이 온통 초록이었다. 풀물이 든 것 같기도 하고 푸르스름한 멍이 든 것 같기도 하고 눈동자부터 목 언저리까지 모두 푸릇푸릇했다. 도대체 아버지는 어디로 갔을까. 정말 엄마 말대로 아버지한테 누가 있기라도 한 것인가.

"좀 쉬었으면 내려와서 저녁 좀 들지요."

문 밖에서 나는 소리에 꿈에서 빠져나올 수 있었다.

"아버지가 내려와서 식사 좀 하랍니다. 물 좋은 게 있어서 내가 좀 갖고 왔거든요."

수산물센터에서 만났던 이 집의 둘째아들이었다. 그는 아까와는 달리 사투리를 쓰지 않았다. 말쑥한 아웃도어로 갈아입어 다른 사람처럼 보였지만 가무잡잡한 얼굴빛에 부리부리한 눈빛만은 여전했다.

그는 하루에 한번씩 자전거를 타고 아버지 집에 들른다고 하였다. 어머니가 돌아가신 후 혼자 지내는 아버지를 모시려고 했지만 끝내 이곳이 좋다고 고집해서 어쩔 수 없다고 했다.

"서영 씨 아버님이 여기 계시지 않는다는 걸 말씀드릴 수도 있었어요. 근데 어쩐지 본인이 아버님의 부재를 확인하는 게 나을 듯해서 말입니다."

그가 가져왔다는 감성돔은 줄무늬가 선명하고 싱싱했다. 생선회를 치고 남은 것으로 매운탕을 끓였는데 얼큰하고 시원했다. 보통 솜씨가 아니었다.

그는 학교 졸업 후, 서울로 올라와 직장 생활을 했었다고 했다. 그리고 맘에 들지 않는 회사를 때려치우고 대학로 근처에서 횟집을 해보기도 했다며 자신의 이력을 낮은 소리로 얘기했다. 그가 아버지 심부름으로 나의 결혼식에 왔었다는 사실도 알게 되었다. 수산물센터에서 만났을 때 나를 곧 알아본 이유가 있었다.

등대를 구경시켜주겠다는 그를 따라나섰다. 여름 휴가철에야 사람들로 들끓는 곳이라지만 동네 주민들은 많지 않은 것 같았다. 바닷가나 마을 근처에 간혹 한두 사람 보이는 정도일 뿐 언덕길이나 낮은 곳에 있는 논밭에는 없었다. 그의 자전거 뒤에 탔다. 산악용 자전거지만 뒷자리에 짐도 실을 수 있게 개조한 것이다. 섬 곳곳에 구릉이 있어 일반 자전거로는 안 돼 특별 주문까지 했다고 한다. 바람이 스산하긴 했지만 그가 바람막이 점퍼를 벗어주어 견딜 만했다. 자전거 뒤에 타니 그가 바닷바람을 몸 전체로 막아주고 있어서 오히려 따뜻했다.

"모르죠? 내가 서영 씨한테 사과하려고 몇 번이나 만나고 싶어했는지……."

"네? 저한테…… 뭘요?"

바람 소리와 함께 들려오는 그의 목소리는 아까보다 크고 친근했다. 그의 등에 붙어서 허리에 손을 감고 나도 목소리를 높였다. 머리카락이 자꾸 입속으로 들어갔다. 나는 푸푸거리며 입속에서 느껴지는 이물감을 연신 뱉어냈다. 그리고 건너편 섬에서부터 퍼지기 시작한 어스름이 붉은 노을과 만나 어우러진 바다를 바라보았다.

"어릴 때 말입니다. 우리 집에 놀러왔을 때 문어꽃 따먹었다고 고자

질한 거 말입니다."

그는 엊그제 막 군대에서 제대한 남자처럼 말입니다를 반복하며 얘기했다. 그때가 아홉 살. 초등학교 이학년짜리 계집아이가 바라본 섬은 비린내가 가득하고 바람 속에 온갖 비닐 봉지며 모래알들이 공중에서 흩어지던 곳이었다. 그런데 지금 낯설게 느껴지지 않는 남자 등 뒤에서 바라본 바다는 이제 막 퍼지기 시작한 불그스름한 노을로 아름다웠다.

"그때 서영 씨가 커다란 눈으로 내 앞에서 뚝뚝 눈물을 흘렸는데 어찌나 미안했는지……. 아마 어려서 나두 뭘 몰랐던 거죠."

그의 말끝에 웃음이 묻어났다. 커다란 눈으로 말하자면 그도 꽤 부리부리한 눈이다. 눈이 큰 사람은 뭘 감출 수가 없다. 기분이 안 좋은 것도, 너무 좋아서 깊이 간직하고 싶은 흥분된 마음도 금방 들켜버린다. 늘 한 수 빼앗기고 시작하는 사람처럼 노련한 상대에게 떠밀려간다.

대학 일학년 미팅 때 처음 만난 남편 때문에 나는 4년 내내 다른 건 할 수 없었다. 오직 그의 옆자리를 지키는 것 외엔. 그를 떠나고 싶었던 적도 여러 번 있었다. 하지만 그는 여지없이 그런 낌새를 알아채고 선수를 쳤다. 일찍 남편을 여의고 힘들게 살아온 자기 어머니 이야기를 해주는가 하면, 모든 걸 포기한 사람처럼 내게 초췌한 모습을 보이기도 하고 나중엔 너 아니면 살 의미가 없다는 둥, 횡설수설 내 아버지 앞에서 강짜를 부리기도 했다. 그러나 정작 내가 그를 떠나지 못한 것은 졸업 이전에 사법고시 일차 패스라는 카드를 보였기 때문이다. 하지만 그 카드는 조커가 되지 못했다. 그는 2차 시험에 일고여덟 번을 떨어진 후 그 언저리에서 돈을 버는 변호사 사무장으로 눌러앉아버렸다. 이제는 나를 놓아주려는 마음을 먹은 것일까. 밤 늦은 시간에 귀가하는 그에게서 낯선 냄새가 났다. 한밤중 선뜩한 기운에 일어나 보면 그가 혼자 거실 소파에서 잠들어 있기도 했다.

등대는 생각보다 큰 규모였다. 팔각으로 된 돌출형 등탑은 정말 높았는데 그래서인지 거제도 앞바다에서도 이 등대가 보인다고 했다. 숙소가 연결된 부속 건물의 출입구 천정에는 오얏꽃처럼 생긴 문양이 새겨져 있어 이곳이 아주 오래된 곳임을 말해주었다. 미송나무 결이 보이는 마루며 붉은 벽돌로 된 실내는 정돈된 모습이었다. 그는 마치 수학여행 온 학생에게 설명하듯 이곳이 우리나라에서 두 번째로 높은 등대라는 말을 몇 번이나 했다.

"근데 아버님께서 이곳에 계실 거라는 생각은 어떻게 한 거죠? 우리 아버지 때문에 든 생각인가요?"

등탑 꼭대기에 있는 휴게소에서 따뜻한 차를 마실 때 그가 물었다. 나는 고개를 가로저었다.

"아니에요. 아버지가 병원에 입원해 계실 때 말씀해주셨죠. 나중에 이곳에 와서 살고 싶다고. 물론 친구 분도 계시고 고향도 가깝고 하니까요."

사실이었다. 아버지는 서울이 싫다고 했다. 엄마야 일찍부터 거기로 옮겨간 친정이 있어 아무렇지 않게 적응할 수 있었겠지만 배에서 내린 후 연달아 실패만 한 아버지로서는 처가에 면목이 서지 않았다. 더군다나 엄마가 외삼촌과 같이 하던 갈빗집이 호황일 때 송파구에 따로 분점을 내고 독립하자 아버지는 엄마 곁에서 한 발자국 더 떨어지게 되었다. 그 무렵 집에 가보면 아버지가 없는 날이 더 많았다.

"네 아버진 또 부산 내려갔다. 거기에 뭐라도 있나 보지. 뻔질나게 드나드는 걸 보니……."

아버지에 대한 엄마의 시큰둥한 모습과 비아냥거리는 말투가 듣기 싫었다.

"그럼 엄마가 아버지 따라가보지 그래요. 엄마는 아버지 갈 때, 어디 한번이라도 같이 가자고 해보셨수? 오히려 해방됐다 싶어 신나하면서……."

그러지 말아야지, 하면서도 엄마 기분을 맞춰주지 못했다. 엄마는 퉁박만 주는 내게 지 아버지 편만 드는 나쁜 년이라고 섭섭해 했다. 하나밖에 없는 아들은 장가 보내놓으니 처가에 뺏긴 것 같다고 푸념을 늘어놓았다. 그 아들이 중국 청도로 나가고 없으니 엄마는 전에 없이 내게 자주 전화를 했다.

찻잔이 비자 그가 따뜻한 물을 갖다주었다.

"내일 부산으로 가볼 생각이에요. 가봐야 아무도 없지만 그래도 혹시 모르니까요. 아버지한테 무슨 일이 생긴 것 같기도 하고……."

불길한 생각이 들어 말끝이 흐려졌다. 꿈속에 나타났던 아버지 모습이 떠올랐다. 푸릇푸릇한 것이 이제는 멍처럼 느껴졌다. 실종신고라도 하고 싶은 마음이다. 아버지의 잦은 가출이 엄마나 동생에겐 이제 아버지를 아무 존재감 없는 늙은이 정도로 생각하게 만들었다. 엄마도 한때 아버지와 헤어질까 하는 생각을 했다. 무능력한 남편, 딴 데 마음 두고 있는 사람, 그게 여자든 무엇이든 상관없었다. 곁에 있어도 곰살맞은 구석이라곤 없는 남자.

새로 산 구두를 동네 여자들에게 자랑할 때 엄마 표정은 신나고 생기 있었다. 여자들은 부러워하며 찬사를 보냈고 신발장 아래 칸에 있던 구두 한두 켤레씩을 얻어갔다. 나는 엄마가 동네 여자들과 새로 산 구두를 신고 외출하는 뒷모습을 불안하게 바라보았다. 내 불안은 나날이 커져갔다. 아버지의 가출과 엄마의 외출로.

"부산으로 가기 전에 여기 어디 좀 가볼 데가 있어요. 아저씨가 지난해 내려오셨을 때 저에게 하신 말씀이 생각나서……."

그게 무슨 말이었는지는 알려주지 않고 그는 내일 아침 일찍 오겠다고 했다. 자신도 확실하지가 않아서라고 했지만 내게 뭔가 보여주고 싶어하는 것 같았다.

그가 자전거를 타고 섬 반대편에 있는 자기 집으로 돌아가고 난 후, 나는 혼자서 마을을 돌아다녔다. 어느 집에선가 개가 컹컹 짖어대 무섭긴 했지만 그 골목을 지나 조금 더 가니 학교가 보였다. 아주 작은 규모인데 이순신 장군 동상도 있고 그 밑에 엉성하게 만들어놓은 거북선도 놓여 있었다. 조그맣게 웃음이 나왔다. 바닷가 쪽으로 놓인 집들의 담벼락엔 미역줄기가 산발한 여자 머리카락처럼 어지럽게 널려 있었다. 지금 내 머릿속 같았다.

"한번 오라는데 왜 안 오는 거냐? 니 남편은 입양 얘기를 하던데 그건 말도 안 되는 소리고……."

시어머니는 김포 땅값이 오르기 시작할 때부터 큰소리를 내기 시작했고 내가 두 번째 아이를 잃었을 때쯤에는 부러지는 말투로 바뀌었다.

"한두 번도 아니고 벌써 몇 번째냐. 그건 니네가 뭐가 안 맞아 그런 거야. 유 선생 말로는 너한테 살이 꼈댄다. 애 잡아먹는……. 그러다가 서방도……."

유 선생은 시어머니가 드나드는 철학관 도사를 말한다. 그녀를 부자로 만들어준 은인이라고 했다. 시어머니는 서방마저 잡아먹기 전에 뭔 방책을 해야 한다며 몇 번을 풀이굿 하는 데 가자고 했다. 남편을 잡아먹기보다는 차라리 내가 죽는 게 낫지 않을까. 그러면 이 세상에 오다만 내 아기들과 만날 수도 있고 데면데면해져가는 남편의 한기를 느끼지 않아도 될 텐데…….

남편에게 문자를 보낼까 하다 그만두었다. 오늘도 그는 늦은 밤 집으로 돌아올 것이고, 내가 있든 없든 별로 개의치 않을 것이다. 아버지를 찾으러 가겠다고 했으니 오늘 밤 돌아가지 않아도 될 명분은 충분하다. 밤새 바다가 들려주는 파도 소리를 내게 하는 위로의 말로 들으며 자다 깨다를 반복했다. 아버지는 어떤 아이와 함께 푸른 바다 속으로 걸어들어갔다. 나는 있는 힘껏 달려가 아버지를 붙잡았지만 이미 성큼성큼 바다 저편으로 사라져버리고 더 이상 보이지 않았다.

희부옇게 날이 밝아오고 있었다. 검은 빛에서부터 붉은 기운이 번져 나오더니 붉은 해가 곧 바다 위로 떠올랐다. 남자는 정말 아침 일찍 왔다. 어제처럼 군청색 바람막이 점퍼를 입고 자전거로 와서는 주방에서 일하는 여자에게 나를 깨워달라고 했나 보다. 내가 아래층으로 내려가자 수줍은 소년처럼 웃으며 말했다.

"내가 너무 일찍 왔죠. 더 잘 건데 그랬나요?"

애초부터 그런 마음이었다면 여자를 올려보내진 않았을 것이다. 그는 지금 마음에도 없는 말을 하고 있다. 함께 갈 곳이 어디냐고 물어보자 그는 대답 대신, 내비게이션을 작동시킨 다음, 목적지에 '대항2리 천석대 산21번지'를 입력했다. 경로 탐색을 보니 20분 정도 소요되는 지점이었다. 거기가 어딘지 궁금했지만 묻지 않았다.

가덕도 길들은 시멘트로 포장되어 있었다. 녹산 신항만 건설과 거제도를 잇는 교량 건설로 타지 사람들 돈이 많이 들어와 섬 전체가 들썩이고 있다고 했다. 그는 내게도 가덕도 땅을 좀 사두지 않겠느냐는 농담을 건넸다. 조수석에 앉아 있는 그의 옆모습이 바닷바람 맞은 사람 같지 않게 곱상했다. 선착장을 두 군데 정도 지나자 오르막길이 나타났다. 길 옆 소나무에 커다란 플라스틱 주사기가 꽂혀 있는 것이 보였다. 저게 뭐냐고 묻자 소나무와 소나무 사이에 걸려 있는 현수막을 가리켰다. '솔 껍질 깍지벌레 예방 수간 주사 중—주민 여러분의 협조를 부탁드립니다. 주사기를 빼지 마십시오.' 해송에 유난히 많이 기생하는 깍지벌레가 생기지 않게 대비하는 것인데, 사람들이 장난삼아 자꾸 빼버린다고 한다. 어느 섬에서는 미리 대비하지 못해 바닷가에 있는 소나무를 몽땅 베어버렸다고 했다. 그는 나를 빤히 바라보며 특이하게도 깍지벌레는 리기다소나무나 외래 수목들에는 나타나지 않는다며 건강하지 못한 나무가 해풍에도 견디지 못하고 벌레들에도 상처받는다고 하였다. 튼튼하지 못한 내 자궁을 들여다보기라도 한 듯 그의 말이 비수로 꽂혔다.

천석대라는 이정표를 지나 얼마를 더 가니 언덕에 넓은 공터가 나타났다. 제법 많은 차들이 주차되어 있었다. 무슨 행사가 열리고 있나 짐작만 하는 나를 데리고 그는 언덕을 지나 비탈로 내려갔다. 그곳에 언젠가 아버지가 TV에 나왔다며 넋을 잃고 보던 '육수장망 숭어잡이'가 한창이었다. 우리가 서 있는 바로 옆 해안 언덕 위에서 어로장이 힘찬 고함을 질렀다.

"숭어 떼가 왔다. 후려랏!"

언덕 위에서 내려다보이는 바닷물 색깔은 푸르다 못해 검은 빛을 띠었다. 거기 여섯 척의 무동력선이 어로장 신호와 함께 배 간격을 좁혀가고 그물을 잡아당겨 올리자 숭어들이 한꺼번에 튀어오르며 퍼덕이는 모습이 보였다.

"밖목선 그물 조지라! 안목선 그물 조지라."

어로장은 계속 구령을 내려 지시를 했다. 알아들을 수 없는 말이었지만 아랫배가 묵직하게 차오르는 듯 힘이 느껴지는 소리였다. 여섯 척 배들의 움직임은 물 위에 떠 있는 수중 발레 하는 소녀들 모습처럼 보였다.

"저기, 저쪽에 있는 배 좀 보세요."

그가 왼쪽에서 두 번째 있는 배 안을 가리켰다.

"아버님 맞죠? 키가 크시잖아요. 감청색 앞치마에 검은 긴 장화 신은 분."

그랬다. 분명 아버지였다. 제법 떨어진 거리였지만 멀쑥하니 키가 큰 아버지의 기민한 움직임을 확인할 수 있었다. 위암 수술 후 저렇게 힘차게 일하는 아버지 모습을 본 적이 없었던 것 같다. 아버지는 어로장 구령에 맞춰 펄떡거리는 숭어 떼를 그물에서 훑어내고 있었다. 그곳에는 숯화로를 들고 왔다갔다 하는 어깨 구부정한 아버지도 없었고 인천 송도 바닷가에서 눈물짓던 아버지 모습도 보이지 않았다. 그물질은 세 번 더 있었다. 그때마다 살아 숨쉬는 숭어 떼가 내 마음을 펄떡거리게 만들었다. 아버지를 찾았다는 안도감보다는 가슴이 두근두근할 정도로 흥분되는 열기가 저 아래에서부터 올라왔다.

"사실은 지난해, 숭어몰이 축제 때도 오셨더랬죠. 제가 아는 어로장을 소개시켜달라고 하시더군요."

그는 자신의 직감이 맞아떨어진 것에 대해 내가 뭐라고 해주기를 기다리고 있었다. 아니, 어쩌면 그는 아버지가 여기 온 걸 알고 있었는지도 모르겠다. 뭐가 중요한가. 이제 여기서 아버지를 찾는 경로 탐색이 끝나버렸는데.

조업이 끝나길 기다려 선착장으로 내려갔다. 아버지는 내가 온 것에 대해 그다지 놀라워하지 않았다. 먼 길을 달려온 나의 수고로움에 대해서만 말할 뿐이었다. 나 역시 뒤숭숭한 꿈속에서처럼 아버지에게 무슨 일이 생긴 것이 아닐까 걱정했던 것이지, 이 섬에서 아버지를 만난 것이 어쩌면 당연한 수순인 듯 여겨졌다.

아버지가 잡아온 숭어는 살이 통통하게 올라 있었다. 그것을 직접 손질해서 굽기도 하고 찌개도 끓여주었다. 아버지가 머물고 있는 곳은 선착장 근처에 있는 오래된 함석집이었다.

녹슬고 부식된 함석판 아래에는 말린 생선들이 빨랫줄에 매달려 있었다. 마루에 있는 커다란 사진틀 속에 이 집의 원래 주인인 듯한 사람들의 가족사진이 여러 장 있었다. 그리고 한쪽 귀퉁이에 아버지가 왜 이곳에 있는지를 알려주는, 오래되어 빛이 바랜 흑백사진이 한 장 있었다. 어린 단발머리 소녀와 까만 교복을 입은 옛날 내 아버지 모습. 소녀는 목발을 짚고 아버지의 부축을 받으며 가까스로 포즈를 취한 것 같았다. 소녀의 사진이 낯설지 않았다.

"아버지, 이 분이 누구죠? 전에 아버지 지갑 속에서 본 것 같은데……."

아버지는 대답 대신 담배 한 개비를 아주 오래, 끝까지 피웠다. 그리고는 내게 가자며 앞서 걸어나갔다.

요양병원은 해안도로를 달려서 찾아간 가덕도 섬 끝부분에 있었다. 마을버스가 하루에 두 번만 오는, 해송이 우거진 숲 속 깊은 곳이었다. 쾌적하고 편리한 환경이라는 현관 입구의 플래카드와는 달리 하얀 건물은 빗물에 얼룩져 누추해 보였다. 3층 6인용 병실에 사진 속 소녀가 늙고 병든 모습으로 누워 있었다. 치매기도 있어서 아버지를 잘 알아보지 못한다고 했다.

"이제는 너무나 오래되어 잊어버릴 법도 한데……, 아직도 어제 일처럼 생생하니 원……."

아버지가 색약이라는 걸 나는 몰랐다. 하긴 렌즈로 교정할 수 있는 지금이야 아무 문제가 없다. 아버지는 어릴 때, 바로 옆집에 살던 그녀를 여동생처럼 데리고 다닐 정도로 예뻐하고 좋아했다. 방학이 되어 시내 광복동으로 놀러나간 날, 빨강 신호와 초록 신호를 구분하지 못하고 소녀의 손을 잡고 건너다 달려오던 트럭에 치이는 사고를 당했다. 아버지는 경상이었지만 그 사고로 소녀는 두 다리를 못 쓰게 되어버렸다.

아버지가 짊어진 부채의식의 시작이었다. 아버지가 바다로 나가고 또 계속해서 동지나해로 가는 원양어선을 탔던 것도 그것에서 도망하고 싶어서였지만 뜻대로 되지는 않았다. 그녀가 애가 둘이나 있는 홀아비를 따라 가덕도로 시집을 왔을 때 아버지는 지리산으로 숨어버렸다. 서울로 가서도 마찬가지였다. 그녀에게로 뻗은 더듬이는 아무리 끊어버리려고 해도 끊을 수가 없었다.

파도가 높아지고 있었다. 아버지는 돌아가지 않겠다고 했다. 아니, 돌아갈 수가 없다고 했다. 바다사내였던 그녀의 남편도 세상을 떠났고, 장성한 아들은 어느 도시에선가 살고 있지만 치매가 깊어지는 그녀를 감당할 수 없다고 내팽개쳐버렸다. 그녀가 정성을 다해 키웠던, 인물 반반하게 생긴 딸은 더 오래 전에 집을 나갔다. 들리는 소문에 미국인가 캐나다인가로 이민을 갔다니 내 아버지는 이 섬에서 그녀를 돌보아야 한다. 아버지의 부채는 영원히 삭감될 수 없을 것 같았다.

밤이 되자 비가 내리기 시작했다. 곧이어 호우주의보가 호우경보로 바뀌었고 섬은 요동치는 태풍 로사에 갇혀버렸다. 나도 섬을 떠날 수가 없었다.

홍천강

홍천강

44번 국도는 공사 중이다. 작업복을 입고 안전모를 쓴 사람 모형이 손에 든 붉은 등을 아래위로 흔들며 돌아가라고 한다. 후줄근한 작업복 위로 먼지가 부옇게 쌓여 있다. 길은 공사 중인 직진도로를 우회하여 국도로 연결되어 있다. 춘천 시내를 통과하지 않고 홍천읍으로 가는 길이다. 먼지 날리는 공사구간을 벗어나 에어컨을 끄고 차창을 내린다. 서울에서 출발할 때부터 틀었던 에어컨 때문에 머리가 지끈거린다. 서울에서는 황사가 심해서 창문을 열 수가 없다. 올해 들어 더 심하다. 정면으로 비추는 봄 햇살은 겨우내 움츠리고 오그라들었던 것을 한꺼번에 펴보이려는지 무척 따갑다. 국도변에는 노랗게 무리지어 핀 개나리 사이사이 화단 조성을 끝낸 팬지꽃들이 가지런히 피어 있다.

"냄새가 죽이는데……. 시골에 오니까 공기부터 다르군."

권은 탄성을 지른다. 서울에서 태어나 줄곧 그곳에서만 살았다는 권은 서울과 다른 공기에 벌써 감복한 눈치다.

"냄새가 아니라 향기라고 하는 거지."

내 말에 권은 '냄새든, 향기든 좋구나'라며 의자를 뒤로 젖힌다. 어차피 오늘은 내게 운전을 맡겼으니 편하게 가자는 것이다. 늘 권의 차를 타고 다녔다. 하지만 이번만큼은 내가 해보고 싶었다. 홍천은 권보다 내게 특별한 곳이니까.

아침에 출발하기 전 아내 방에 가보았다. 어제 저녁에도 늦게 들어왔는지 잠에 곯아떨어져 있었다. 아들 두 녀석을 캐나다로 보내놓고 아내는 요즘 거의 매일 새벽에 들어온다. 학원 선생들과 수업 마치고 회식을 한다는데 무슨 놈의 회식을 매일 하는지 모르겠다. 며칠 전 아침인지 점심인지 모를 식사를 하면서 홍천에 다녀오겠다는 말을 언뜻 한 것 같지만 그녀가 제대로 들었을까. 홍천에 다녀오겠다는 말이 뭐 대수였겠는가. 그녀에게는 새 학년이 시작된 시즌에 맞춰 남들보다 빨리 홍보 전단지를 뿌리고 입시설명회를 하는 게 더 중요할 것이다. 내가 할 일은 없었다. 오히려 학원에 나가 얼쩡거리지 않는 게 그녀를 편하게 해주는 것일지 모른다.

"그 부동산 말 믿을 만하겠지? 잘 알아보긴 한 거야?"

한번 더 다짐을 받고 싶어 권에게 묻는다. 그는 물론이지,라며 깍지 낀 두 팔을 풀며 허리를 세운다. 그리고는 차창으로 들어오는 바람에 머리를 쓸어넘긴다. 권의 귀밑머리에 새치가 섞여 있다. 그를 보면서 나 또한 저 모습이겠거니 싶어 씁쓸하다. 권은 생태학교에서 만난 사람

가운데 유일하게 같은 연배였다. 다들 나보다 열 살쯤은 위인 사람들이었다. 그들은 우리보고 젊어서 좋겠다고 하지만 오십에 가까운 우리 나이도 그다지 젊은 축에 속하는 것은 아니다. 아내는 염색이라도 좀 하고 다니지,라며 잔소리를 해대더니 요즘은 그 말조차 하지 않는다.

그녀는 내가 처음 자연생태학교에 등록하고 한 달쯤 지난 어느 날, 빨래건조대에 걸린 작업복을 들고와 다그쳐 물었다.

"당신, 이거 뭐야? 이걸 입고 뭘 하고 돌아다니는 거야?"

내가 하는 일이 다 마음에 들지 않는 아내다.

이제 막 대학을 졸업한 젊은 선생들 사이에서 수업을 하는 것도 내키지 않았고 원장실 한쪽에 자리잡고 앉아 그녀를 신경쓰이게 하는 것도 싫어서 작년부터는 학원에 가는 둥 마는 둥이었다. 아내는 지나가는 말로 수강생이 늘고 학원 매출도 더 늘었다고 했다. 잘 됐다 싶었다. 사실, 아내의 학원에 나가 영어를 강의했던 것도 궁여지책이었다. 아내는 내가 대학에 자리잡기를 원했다. 하지만 그게 뜻대로 되지 않았다. 전임 자리를 줄 것 같았던 학과장이 입시 부정으로 파면되고 새로 학과장이 된 황 교수는 나를 거들떠보지도 않았다. 학기가 바뀔 때마다 구차하게 여기저기 몇 시간짜리 강의에 목을 매느니 차라리 때려치우는 게 훨씬 낫겠다 싶었다. 그게 벌써 십 년 전의 일이다.

아내 손에 들려 있던 군청색 작업복은 바닥에 내팽개쳐졌다.

"이게 말이 되냐구. 당신이 무슨 일을 해. 학교도 그렇지, 학원 수업도 제대로 못하면서 이제는 농사꾼이 되겠다고?"

그녀는 자기가 공부를 했으면 벌써 자리잡고도 남았겠다며 내 속을 뒤집었다. 그래, 너 잘났다. 나는 아내에게 눈을 부라리며 큰소리치는 상상을 해보았지만 마음뿐이었다. 바닥에 떨어진 작업복을 주워 건조대에 다시 널면서 베란다 밖을 쳐다보았다. 사거리 교차로에 자동차들이 신호를 받고 대기하고 있었다. 여차하면 튀어나갈 듯 차들은 잔뜩 긴장한 모습이었다. 내 아내 모습도 거기 있었다. 나는 주먹을 꽉 쥐어봤지만 곧이어 슬그머니 힘을 빼버렸다. 그녀하고 더 이상 말해봤자 소용없었다. 아내가 지난 시간까지 들먹여가며 자기식의 논리를 펼 때는 감당하기 힘들었다.

홍천읍으로 접어들자 강의 모습이 나타났다. 홍수가 나면 누런 흙탕물이 강둑을 넘는 어마어마한 수량이었는데 지금은 강가 옆으로 납작 엎드린 마른 풀들이 기슭을 이루고 있을 정도로 강물이 줄었다. 차선을 넓힌 국도와 연결되는 다리는 옛날보다 두 배로 늘었다. 홍천강이 이렇게 변한 줄 몰랐다. 휴가 때 종종 경포대나 설악산을 찾는 경우가 있었지만 그때는 영동고속도로를 타고 한달음에 달려갔다 돌아오곤 했다. 물론 서울로 돌아오는 행락인파로 지체와 정체를 반복하는 고속도로였지만 홍천을 거쳐 한계령을 넘을 생각은 하지 않았다.

"겨우내 비 한번 오지 않더니 여기도 많이 말랐네. 스프링쿨러가 꼭 있어야 되겠어."

권은 원예전문가처럼 말한다. 10기로 같이 시작했는데 나보다 훨씬 적응을 잘 했다. 식물을 키우는 일도 사람 다루는 일처럼 정성을 다해야 한다고 강사들은 말했다. 기르는 사람이 믿고 마음을 주면 쑥쑥 자라지만 그렇지 않으면 그 애들이 금방 알아서 시들시들해진다는 것이다. 처음에는 베란다에 놓인 화초들이나 잘 키워보자고 시작했다. 내가 아내의 학원에 나가지 않고 구청 복지관에서 운영하는 '실버를 위한 팝송잉글리시' 강좌를 맡아할 때였다. 1층 로비에서 생태전시가 열리고 있었다. 잘 자란 난초들과 다육이 화분들, 올챙이알 성장 과정, 버섯 생육방법 등 여러 가지로 꾸며져 있었다. 전시장 안에는 각양각색의 나비들도 날아다니고 있었다. 문득, 어릴 때 산과 들로 잠자리채 들고 동네 형들을 따라다니던 생각이 났다. 아내는 베란다에 있는 난화분에 물 한번 준 적이 없다. 오히려 지저분하다고 다 갖다버리라고 했다. 스킨답서스며 아이비, 공기정화 식물들이 모두 내 손을 거쳐 넝쿨지고 다듬어졌다.

사람들은 권이 한때 잘나가는 자동차 딜러였다고 알고 있다. 물론 잘나갔는지 어쨌는지는 확인할 길이 없지만. 퇴직한 교장이나 공무원들도 권의 말을 잘 따랐다. 강의실에서도 분위기를 주도하고 생태 실습을 하러 갈 때에도 항상 제일 먼저 도착해서 강사들을 거들곤 하는 권이었다. 권은 주뼛거리며 선뜻 발을 담그지 못하는 나를 이곳저곳으로 끌고 다녔다. 말도 그가 먼저 놓자고 했다.

권과 나는 1년 과정의 귀농학교를 끝내고 여러 매체에서 방영된 귀농과 귀촌에 관한 다큐를 모두 훑었다. 그리고 인터넷을 뒤져 섬진강 매화마을이며 충북 단양과 괴산, 전북 고창과 담양 등의 지방도시를 다녀왔다. 겨울에 제주도 목장에 갔을 때는 폭설이 내려 권이 몰던 자동차가 미끄러져 사고가 나기도 했다. 사람들은 시골 가서 사는 게 결코 쉬운 일이 아니라고 겁을 주기도 하고, 몇 년씩 꼼꼼하게 준비를 해야 한다고 충고하지만 나는 우선 서울을 벗어나고 싶었다. 실은 아내 곁에서 벗어나고 싶은 것일지도 모른다. 아이들을 캐나다로 보낸 것도 아내 혼자서 한 일이다. 유학원을 통해 다 결정해놓고 나한테는 통보하는 식이었다. 그 일로 화를 냈더니 능력 없으면 국으로 가만히 있으라고 했다. 나는 아이들도 없는 집에 혼자 덩그마니 집 지키는 개처럼 있고 싶지 않았다. 어디든 가고 싶은데 시골에는 연고가 없다. 일찌감치 서울 입성을 한 부모 덕분에 나와 누이들은 모두 서울에 자리잡고 산다. 그것도 강남과 송파 등 한강 이남에 남들 보기에도 그럴듯한 집을 갖고들 살고 있다. 누이들은 원래부터 도시 태생인 양 남편들 출세와 아이들 교육 문제에만 정신을 쏟는다. 아내와는 아주 죽이 잘 맞는다. 아내는 귀농학교에 다니는 나에 대해 누이들에게 미주알고주알 일러바치더니 요즘은 그러지도 않는 눈치다. '니 알아서 하라' 이거였다.

홍천에 대한 기억이 가장 많을 첫째 누나에게 넌지시 물어봤다.

"누나, 우리 홍천 살 때 말이야. 기억나지? 우리 집이 있던 곳이 무슨 면, 무슨 리였수?"

첫째 누나는 둘째 누나에게 그리고 차례로 내 이야기를 전하고 누이들은 무슨 봉창 두드리는 소리냐며 전화들을 해댔다. 그래도 둘째 누나로부터 우리가 살던 곳 주소 정도는 알아내는 수확이 있었다. 그녀들은 이곳 생각을 전혀 하지 않는 것 같다. 한번쯤은 생각이 났을 텐데 말이다. 홍천은, 그러니까 어렸을 때, 내가 오륙 년쯤 살았던 곳이다. 나 또한 서울로 이사 가고 나서는 거의 잊었다. 그래도 복지관 문화센터에서 원예에 관심을 갖게 된 건 어릴 때 보았던 나무나 들풀 때문일 것이다.

학교로 가는 길 가장자리에 피어 있던 개망초, 강아지풀, 갈퀴나무 등을 손으로 훑으며 걸어가곤 했다. 아침 일찍 집을 나섰지만 길에서 시간을 다 보내고 늘 수업 시작종이 울리기 전 숨이 턱밑에 차게 교실로 들어갔다.

내 유년의 기억이 가득한 이곳을 아버지 어머니는 잠시 거쳐간 곳으로 생각했나 보다. 강릉에서 서울로 가는 길목에 잠시 머물다간 정거장 같은 느낌, 그래서일까. 서울 변두리에 자리잡은 후 우리 식구들은 이곳의 혹독한 추위와는 다른 안온함 때문인지 홍천 이야기를 하지 않았다. 그런데 어느 날 즐겨찾기 해놓은 지방도시 검색목록을 살펴보다 이곳이 떠올랐다.

홍천에 한번 가보자고 정한 뒤 밤에 꿈을 꾸었다. 기억의 조각들이 퍼즐처럼 제자리에 들어가 펼쳐지는 파노라마 속을 헤매다 깨어났다. 그 속엔 강가에서 울고 있는 예닐곱 살의 어린 녀석이 있었다. 엄마가 새로 사다준 슬리퍼가 강물에 쓸려내려가버렸기 때문에 거기 울고 선 것이다. 산 지 하루 만에 그것을 잃어버리다니……. 집에 가서 혼날 생각 때문인지 소년이 눈물을 뚝뚝 흘린다. 하지만 이내 소매로 눈물을 훔친다. 내 위로 고만고만한 딸 넷을 키우느라 드세진 어머니로부터 나를 지켜줄 아버지가 있어서이다. 늘 그랬다. 아버지……. 꿈속에서 아버지는 홍천강가에 서 있었다. 아버지를 보고 난 후 간절하게 더 이곳을 찾아오고 싶었다. 권에게 이곳 얘기를 했더니 홍미가 생겼는지 인터넷 검색창을 뒤져 열심히 정보를 찾고 군청과 부동산중개소에 전화를 해댔다. 그리고는 우리에게 알맞은 물건이 있을 것 같다며 나를 들쑤셔

댔다. 권은 특용작물 재배에 관심이 많았다. 버섯 재배를 배울 때 가장 열심히 이곳저곳을 쫓아다니더니 비닐하우스를 설치할 땅을 찾고 있었다. 송이는 홍천군 특용작물이다.

홍천읍은 많이 달라져 있었다. 키 낮은 건물들은 다 헐리고 현대식 건물과 상점들이 즐비하게 들어서 있었다. 규모만 작았지 서울 도심에 있는 것들을 그곳에 모두 옮겨놓은 분위기였다. 그 많던 다방은 모두 사라지고 커피 전문점들이 들어와 있었다. 권이 말한 화양공인중개소는 군청 근처에 있었다. 전답에 농가를 끼워서 내놓은 매물이 대여섯 건 있으니 일단 한번 내려와보라고 했다. 공인중개소라고 했지만 막상 문을 열고 들어가니 옛날 복덕방 같은 분위기다. 노인 서너 명이 장기판을 앞에 두고 있다. 중개소는 아들이 하는 일이라며 팔십 넘어 보이는 노인은 여전히 장기판에서 눈을 떼지 못한다. 등기소에 들어간 아들이 곧 올 때가 됐다는 노인의 말을 듣고 우리는 다른 곳으로 가기가 뭣해 그냥 앉아 기다렸다. 책상 위에 '공인중개사 한근수'라는 명패가 있다. '한근수? 한 근 두 근, 돼지고기 한 근 두 근. 얼레리.' 동명이인이 아니라면 그 이름은 초등학교 때 나를 지독히도 놀리고 도망가던 '돼지고기 한 근' 한근수이다. 그가 아직 이곳에 살고 있는 것인지 궁금하다. 와락 반가운 마음도 밀려든다. 그러나 설령 그 녀석이라 하더라도 나를 알아보기나 할까. 벌써 삼십 년도 훨씬 넘은 옛날 일인데…….

"빵꾸 빵꾸 똥빵구, 재술이는 빵꾸쟁이."

아버지는 군대에서 배운 자동차 수리 기술로 차 부속품 가게를 했다. 지금으로 치면 카센터 같은 곳이다. 서울에서 달려와 한계령을 넘어 속

초로 가는 중간지점인 이곳에서, 사람들도 자동차들도 쉬어가야 했다. 어머니는 휴게소처럼 잡화점을 열었고 그 옆에서 아버지는 펑크 난 타이어를 수리해주고 차량 부속품도 판매했다. 아이들은 아버지가 커다란 고무 튜브에 흰 페인트로 '빵꾸 때웁니다'라고 써서 걸어놓은 걸 보며 그렇게 놀려댔다. 그때만 해도 대부분 농사를 지었지만 우리 집은 그렇지 않으니 소위 왕따를 시킨 셈이다. 그 중에서도 한근수는 유독 심하게 놀려댔었는데 저 명패 주인이 그 녀석인지 확인해봐야겠다.

권이 노인들 근처에 가서 장기판을 들여다본다.

"땅 사려고 오셨수? 여기 많이 올랐는데……. 오를 만큼 올라서 재미는 못 볼 거요."

체크 무늬 셔츠에 청재킷을 걸친 노인이 권을 보며 말한다. 입성이 서울 노인들 못지않게 세련되어 보인다.

"투자용 땅이 아니라 농지를 구합니다. 농사 지어 보려고 말입니다."

권은 나를 쳐다보며 호기롭게 대답한다. 함께 온 내가 이곳에 살았었다는 것을 자랑하고 싶어하는 눈치다. 나는 고개를 젓는다. 그때가 언젠데…….

"에이, 농사 지을 양반은 아니구먼. 저 사람 손을 보니 분필 잡았던 사람이네."

세상을 어느 정도 살아 연륜이 쌓이면 저렇게 되는 것일까. 머리 전체가 하얗게 세고 틀거지 있어 보이는 노인은 어딘가에 자리를 펴고 앉아도 될 것 같다. 내 손을 보더니 보따리 시간강사 한 걸 콕 짚어서 얘기할 정도로 예리하다. 하긴 저 나이가 된다면 나도 그럴지 모르겠다.

노인의 등산용 아웃도어는 소매 끝이 나달나달하게 닳았다. 그렇다고 살림이 궁한 노인네 같지는 않다. 얼굴빛을 보면 알 수 있다. 정곡을 찌르는 은발노인의 말에 권은 나를 향해 호오, 하는 표정을 짓는다. 노인의 말대로 내가 정말 농사를 지을 수 있을까. 그냥 아내 학원에서 스타렉스 기사 노릇이라도 하는 게 낫지 않을까. 아내는 며칠 전 내게 심각한 표정으로 말했다. 그렇게 여기저기 돌아다니지 말고 가만히 집에 있다가 아이들이나 실어나르라고. 아이들이 무슨 짐짝인가. 살이 오른 그녀의 목선이 뭉개져 보였다. 언제부터 아내의 몸이 저랬는지 모르겠다. 내가 학교를 그만두고 나서부터였지 싶다. 두 손으로 그녀의 목줄기를 훑어내리고 싶은 충동을 참느라 나는 눈과 손에 힘을 주었다.

노인들의 장기판을 들여다보며 이런저런 얘기를 나누던 권이 전화를 받는다. 처음에는 듣고만 있더니 얼굴색이 어두워진다.

"에이, 참 그게 지금 내놓으면 안 된대도 그러네. 잠깐 있어."

권은 전화기를 귀에 대고 중개소 밖으로 나간다. 상대가 누군지 권의 목소리가 높아진다. 문을 열고 무슨 일인가 물어볼까 하다 그냥 보고만 있었다. 권은 표정을 정리하고 들어온다.

위로 딸 넷을 낳은 후 얻은 아들이라고 내 부모는 나를 끔찍이도 귀하게 생각했다. 하지만 이곳을 떠나 서울로 간 지 두 해가 지나기도 전에 아버지가 사고로 죽었다. 서울 변두리에 자동차 수리점을 차려 정비를 하다 크레인이 끊어지면서 그 아래 납작하게 깔려 죽은 것이다. 혼자서 다섯 남매를 키우느라 고생한 어머니 이야기는 별로 하고 싶지 않다. 아주 오랫동안 나는 여자들 틈바구니에서 자랐다. 모든 일이 다 그네들 뜻대로 돌아갔다. 집을 옮기는 일, 상급학교에 진학하는 일, 진로를 선택하는 일, 심지어 결혼까지. 아내는 둘째 누나의 옆자리에 앉아 있던 수학 선생이었다. 내 의지대로 된 것이 과연 몇 가지나 될까.

꿈속에서 강가에 서 있던 아버지는 내게 힘내라고 어깨를 토닥여주었다. 한겨울 더끔더끔 두껍게 얼어붙은 강 아래, 흐르는 강물을 감싸 안고 있는 얼음더께를 아버지에 비유한 어느 시인이 있다. 유리창 깨질 듯 울어대는 외풍 탓에 아버지의 가랑이로 시린 발을 밀어넣고 그 가슴팍에서 벌레처럼 파고들어 잠이 들던 예닐곱 살의 아이. 그 아이가 어른이 되어 영하의 한강교를 지난다. 얼음장 밑으로 여린 물살들 흘러가라고 꽝꽝 얼어붙은 잔등으로 하얗게 엎드려 있던 아버지. 시인은 혹한으로 얼어붙은 얼음장을 겨울밤의 아버지가 이승의 물로 화신한 것이라 한다. 결빙結氷의 아버지, 그 시를 볼 때마다 내 아버지가 떠오른다.

"많이 기다리셨습니까? 먼 길 오셨는데 기다리게 해서 죄송합니다."

문이 열리며 작달막한 남자가 땀을 훔치며 들어왔다. 소장이라는 사람인가 보다. 그는 권과 서로 명함을 주고받으며 이쪽에 있는 나를 바라본다. 저 사람이 어릴 적 그렇게 놀려대던 장난꾸러기 한근수인지 긴가민가하다. 나는 선뜻 말을 꺼내기가 머쓱해서 가볍게 인사만 하고 말았다.

한근수 소장의 안내로 우리는 송정리에 있다는 농가와 농지를 보러가기로 했다. 송정리는 옛날에 살았던 곳보다 조금 더 가야 하는 곳이다. 가는 길에 옛날 우리 마을을 지나쳐갈 수 있을 것 같다. 내가 살던 그 집이 지금까지 남아 있을 리는 없겠지만 집터가 있던 곳은 기억한다. 커다란 밤나무가 두 그루 양쪽으로 있던 집이다. 그 밤나무 사잇길로 조금 더 가면 강가에 닿게 된다. 강은 폭이 넓었고 건기에는 군데군데 모래밭이며 자갈섬 같은 것을 만들기도 했지만 늘 진초록 물풀들을 감고 있었다. 강물 빛은 청자기 빛으로 햇빛 아래 반짝 무늬를 만들었다.

물안개가 피어오르는 새벽 강가에 가본 적이 있다. 안개 속에 윗마을 사람들의 두런거림이 섞여 들려오고 아침밥 짓는 냄새도 담겨 있었다. 이곳에 살았던, 여덟인가 아홉 살 때쯤 일이다. 이른 아침 서울로 물건을 사러 가는 아버지를 배웅하기 위해 우리는 모두 졸린 눈을 비비며 일어났고, 아버지가 '부르릉' 소리를 내며 떠나자 엄마와 누이들은 다시 이불 속으로 들어갔다. 한 달에 한번쯤 아버지는 서울에 가서 차 부속품이며 잡화들을 도매로 사오곤 했다. 그때 왜 강가로 혼자 내려갔는지는 지금도 모르겠지만 강기슭에서 바라본 물안개는 어린 내게 아련함 같은 걸 알게 해주었다. 사흘 전까지 쏟아부었던 장맛비로 강물은 깊이를 가늠할 수 없을 정도로 불어나 있었고 그 위로 하얗게 물안개가 피어나고 있었다. 나는 햇살이 강물 위를 비출 때까지 그렇게 앉아서 흐르는 강물을 바라보았다. 왠지 기분이 좋지 않았던 것 같다. 아마 아버지를 배웅하고 난 뒤라 '떠남'과 '이별' 같은 느낌을 가졌는지도 모른다. 아니, 내가 없어진 줄도 모르고 잠을 자고 있을 엄마와 누이들에게 화가 났던 것인지도 모르겠다. 아버지가 서울에서 하루 이틀 머무는 동안 그네들은 신이 났다. 어머니는 옆 동네로 놀러가고 누이들은 친구들을 끌어들였다. 나는 몇 번이나 신작로 쪽으로 아버지 차가 오는지 보려고 나갔다 들어오곤 했다. 아버지는 꼬박 이틀이 지나서야 돌아왔다.

"저, 그런데 말입니다."

조수석에 앉아 있던 한근수 소장이 뒤를 돌아보며 말한다.

"혹시 전에 여기 살지 않았습니까? 어릴 때, 빵꿋집…… 굴운삼거리에서 휴게소 하던 집에 살지 않았어요?"

이곳을 떠난 지 삼십 년이 훨씬 넘었는데 나를 알아본다. 그도 처음엔 긴가민가했다고 한다. 하긴 한근수가 처음 들어올 때 나도 그 녀석 어릴 때 모습이 많이 남아 있구나 싶었다. 그는 나보다 훨씬 툽툽하고 기민해보였다. 그의 마주 잡고 있는 손등이 두꺼비처럼 울퉁불퉁했다.

"맞아. 굴운삼거리, 그곳 이름이 굴운삼거리였네. 지부국민학교 아래 쪽에 있는……."

"처음 보는 사람이 아닌 거 같긴 한데 손님 중 누군가려니 생각했지. 이름이 아마 재술이었지?"

한근수는 슬며시 말을 잘라먹는다. 그렇지만 기분이 나쁘지는 않다. 내 이름까지 기억하고 있으니 말이다. 옆에 앉은 권은 고개를 갸우뚱한다. 아까보다는 표정이 많이 좋아진 듯하다.

"와, 아주 오래 전 친군데 어떻게 이름을 기억합니까?"

"이름이 특이하지 않나요. 재술이. 어릴 때 우리가 재수 없다고 놀렸던 기억도 나는데요."

그랬다. 녀석들은 나를 빵꾸쟁이로만 놀린 게 아니다. 재술이라는 이름 가지고 놀리기도 했으니까, 이곳에서의 어린 날이 마냥 좋은 추억으로만 차 있지 않다. 녀석들한테 덤벼들어 싸우려고도 해봤지만 저마다 형들을 데리고 나타나서 나를 겁주곤 했었다. 누이들은 그 형들하고는 상대가 되지 않았다.

"초등학교 2학년 때인가, 재술이 찾느라고 동네가 발칵 뒤집어진 적도 있었지요. 재가 학교는 안 오고 산에 가 헤매고 다니다 나중에는 강가 다리 밑에서 발견되었다니까요. 재술이 아버지한테 엄청 혼나겠지 했는데 웬걸요. 자전거에 태워서 그냥 데리고 가더라니까요. 그때 생각나지?"

아버지는 하루 종일 산을 헤매 꼬질꼬질 풀물이 든 내 옷자락을 보고는 아무 얘기도 하지 않고 나를 번쩍 안아 자전거 뒤에 태웠다. 집으로 돌아가서는 엄마에게 혼낼 만큼 혼내고 왔으니 절대 회초리 들면 안 된다고 엄포를 놓았다. 아버지가 살아 있다면 확실한 내 편이었을 텐데…….

"지나가다 보겠지만 재술이 니네가 살던 집터에 큰 불가마한증막이 생겼어. 그 주위에 식당이며 가게들이 죽 들어섰고, 요즘은 큰 마트도 하나 생겼다니까요."

한근수는 말을 낮췄다가 권을 의식하고는 다시 높인다. 그 말투를 듣고 있노라니 슬며시 웃음이 나기도 했다. 그는 우리 집에서 그 땅을 사놨더라면 지금 대박났을 거라고 한다. 그게 언젯적 일인가. 몇 십 년도 더 된 일인데. 하긴 어릴 적이긴 하지만 나도 생각나는 게 있다. 어머니는 처음부터 서울로 가지 왜 촌구석에 멈췄느냐고 아버지에게 푸념을 했다. 아버지가 사고로 돌아가시고 나서는 누이들을 앉혀놓고 그 얘기를 했다. 서울로 집 알아본다고 갔던 아버지가 홍천읍 근처인 이곳에 자리를 잡고 식구들을 데리고 와 얼마나 고생했는지 아느냐고. 게다가

을씨년스러운 늦가을부터 추운 겨울 동안 집수리한다고 벌벌 떨었던 얘기를 하면 누이들은 어머니에게 맞장구를 쳤다. 아마 아버지는 서울이란 곳으로 곧장 발을 들여놓기가 겁이 났는지도 모른다. 이곳은 아버지가 잠시 속도를 줄여 쉴 수 있게 해준 동네였던 것이다. 세상을 향해 숨고르기하다 다시 달려갔지만 불운하게도 서울에서는 이 년밖에 살지 못했다.

"조금만 가면 굴운삼거리야. 기억할지 모르겠는데, 언덕 위에 군인들 단체 관람 전용 극장이 있었던 거 알겠나?"

기억난다. 군인뿐만 아니라 일반인들도 입장이 가능했던 곳이다. 표 하나를 덜 사기 위해 어머니는 다 큰 막내 누나를 포대기로 업고 나는 걸어 들어가게 했다.

"그때부터 여기 계속 살고 있었나?"

한근수는 이곳을 쭉 지켜온 파수꾼 같다.

"아니, 고등학교를 춘천으로 갔고 서울에도 한 칠팔 년 있었지. 여기로 다시 내려온 게 십오 년쯤 됐나. 우리 본가는 계속 여기 살았네. 아버지가 여기 대명콘도 근처에 있던 땅으로 돈 좀 벌었지. 내가 사업한다고 깝살리지만 않았어도 번듯한 살림이었을 텐데……."

"그러셨군요. 대명콘도 주위에는 매물 농지가 아예 없더군요."

권이 알은체를 하며 끼어들었다.

"요 근래에 서울이나 도시로 갔던 친구들이 많이 내려왔습니다. 귀촌이니 귀농이니 하는 붐이 달리 일어나는 게 아니지요. 우리 나이쯤이 도시에 나가 참 많이 부대낀 세대라 두남두던 곳으로 이제 돌아오는 거 아니겠습니까? 동창회라도 한번 해야겠네."

한근수는 권에게인지 나에게인지 쉬지 않고 계속 이야기를 한다. 홍천에 오기 전에 회사에 다녔는데 하루하루 스트레스가 말이 아니었다고 한다. 고향에 와서 아버지 땅 판 돈을 다 까먹긴 했지만 지금은 마음이 편하다며 머리를 쓸어넘긴다. 홍천읍에서 식당이나 노래방, 전자제품 대리점을 하는 이들이 어릴 때 친구들이라며 이름을 나열한다. 나는 정확하게 기억이 나지 않았지만 고개를 주억거렸다.

"저기 저곳에 잠깐만 섰다가 가세."

지부 삼거리. 우리 집이 있던 그곳이다. 한근수 말대로 기념품 가게며, 식당, 불가마 등이 죽 늘어서 있다. 길 초입 밤나무 두 그루는 여전히 그 자리를 지키고 있다. 강가로 내려가는 사잇길도 그대로다.

강가로 내려가보고 싶다. 한근수는 중학교 동창인 불가마 사장을 보고 오겠다고 우리에게 마음놓고 다녀오라고 한다. 강으로 내려가는 길가에도 진달래꽃이 피어 있다. 금잔화며 패랭이꽃의 분홍빛도 섞여 있다. 권은 패랭이꽃을 자세히 들여다본다.

"자네가 이곳 얘기를 했을 때 여기가 마치 내 고향 같은 느낌이 들더군. 언젠가는 꼭 이런 지방에 와서 조용히 살고 싶었어."

권은 목이 잠긴 듯, 쉰소리를 내며 말했다. 그의 옆모습을 보니 속눈썹이 축 처져 지친 모습이다.

"무슨 일이 있나? 아까 전화는 어디서 온 건데?"

나는 권이 출발할 때와는 달리 침울해진 게 마음에 걸렸다.

"조금 갖고 있던 주식이 곤두박질쳤네. 사실, 내가 자동차 딜러를 했지만 실적이 거의 없었어. 세일즈는 도통 적성에 맞지 않더군. 차가 한 두 푼 하는 것도 아니고, 동창이나 친척들 찾아다니기는 싫고…….”

권이 아직 가정생활을 지탱할 수 있었던 것은 착실한 직장인 모습으로 매달 갖다준 생활비 덕분이라고 했다. 간호사로 일했던 권의 아내는 아이가 초등학교에 들어가던 해부터 전업주부로 눌러앉았다. 1학년 때부터 엄마들 커뮤니티가 만들어지기 때문에 아이를 위해 직장을 그만둔 것이다. 일하는 엄마를 둔 아이들은 방과 후 활동이나 그룹 과외에 낄 수가 없었다. 아내의 학원에 찾아와 이것저것 요구하고 큰소리를 치는 여자들도 대부분 돈 잘 버는 남편을 둔 여자들이다. 원장인 아내는 능숙하게 그녀들을 대했다. 엄마들의 욕구가 뭔지, 어디를 건드려줘야 그녀들이 만족하는지 잘 알았다. 캐나다로 유학 보낸 두 아들 케이스가 미끼가 되기도 했다. 두 녀석은 여기서도 충분히 공부를 잘 했다. 과학영재고에 보내니, 자사고에 보내니 하더니 느닷없이 유학 수속을 밟았다. 토론토에 아내의 사촌여동생이 있기는 하지만 아이들은 밴쿠버에 있는 유니버시티 트레지션 프로그램 과정에 입학했다. 나는 꼼짝 없이 아이들과 헤어져 방학 때나 되어야 한번씩 보게 생겼다.

권도 곧 나와 같은 수순을 밟게 될 것이다. 아내가 직장을 그만두고 나니 생활비가 더욱 부담됐다는 권은 결국 아버지가 물려준 땅을 팔아 주식에 손을 댔다. 그가 늘어놓는 자동차 판매왕 얘기는 다른 사람의 것이었다.

“주식 시장은 흐름에 따라 상승과 하향 곡선을 타지. 롤러코스트를 타는 기분이랄까.”

권은 주식투자 덕분에 꼬박꼬박 생활비는 갖다줬지만 언제 덜컥 손해를 봐서 가라앉게 될지 알 수 없다고 했다. 이번에는 비트코인 바람이 불어 타격이 컸다.

"여기 이 강물은 참 편안하게 흐르네. 주식 흐름하고는 딴판이야."

권이 강둑 위에 있는 민틋한 너럭바위에 앉으며 말한다. 햇빛 쨍쨍한 여름, 강물에 들어가 놀다가 입술이 파래질 때쯤이면 몸을 말리곤 했던 자리다. 권이 담배를 한 대 피워문다. 나도 흐르는 강물을 바라본다. 강은 어릴 때 보았던 것보다 훨씬 작게 느껴졌다. 강폭도 좁아진 듯하다.

"곧 아내에게 사실대로 얘기하려고 해. 회사도 그만두고 주식 정리해서 여기로 내려오고 싶네. 하루하루 피 말리며 사는 건 이제 지쳤어."

권의 주변에는 투자한 회사에 악재가 생겨 노숙자가 된 사람도 있고 쏟아부었던 전 재산을 잃고 모텔 방에서 자살한 사람도 있다고 한다.

권이 다녔던 D자동차의 서 부장은 권이 많이 따랐던 사람이다. 경기가 좋았던 시절에 그는 두 번씩이나 판매왕 자리를 차지했지만 회사가 중국으로 진출하고 중고자동차시장이 커지면서 정리해고 대상이 되었다. 아무리 잘 나가던 사람도 하루아침에 추락하는 걸 보고 권은 회사에 정이 떨어졌다. 서 부장은 퇴직금으로 대학교 근처에 프랜차이즈 카페를 열었지만 하루에 커피 몇 잔 팔아서는 비싼 임대료를 감당할 수 없었다. 권이 최근에 서 부장을 만난 것은 국비지원 직업교육원에서였다.

"세상에 쉬운 일이 하나도 없어. 고향 근처에 가서 트랙터 운전이라도 해야겠네."

서 부장의 말을 듣고 온 뒤로 권은 더욱 열심히 땅을 보러다녔다.

"한 살이라도 젊을 때 자리를 잡아야겠어. 나중에 늙어서 오면 뭘 해. 힘 빠져 일이나 하겠어? 우리 집사람은 간호사라 노인 돌보는 일을 할 수 있을 거야."

권은 우리 앞에 펼쳐져 있는 강을 내려다보았다. 그리고는 담배를 깊이 빨아들인다.

"강을 보니 참 좋군. 그냥 물 흐르는 대로 살고 싶네. 여기로 결정할까봐."

강변에서 수초 썩는 냄새가 나는 것 같다. 올해 봄이 되고 나서 비가 한번도 오지 않았다. 어서 우르릉 쾅쾅거리며 비가 한바탕 쏟아져야할 텐데……. 폭우가 쏟아질 때의 강은 그야말로 무서운 기세로 물을 몰아간다. 뻘건 흙탕물을 가득 안고 세차게 아래로 흘러간다. 그 모습이 보고 싶다. 한근수가 말한 그날, 학교로 가지 않고 산에 갔다 내려와 앉아 있던 다리 아래가 보인다. 저 다리가 그때는 참 높고 크게 보였는데 지금 보니 그냥 이러구러 만든 다리다. 아버지가 다리 위에서 내 이름을 부를 때, 그 소리가 아주 멀리서 들려오는 것 같았었는데…….

홍천에 더 머물러 살 수도 있었지만 그러지 못했다. 굴운삼거리 저쪽으로 새 길이 나면서 차들이 모두 그쪽으로 지나가게 되었다. 그 길은 직선으로 뻗어 시간을 단축시켰고 새로 만든 것이라 넓었다. 아버지는 하루에 겨우 한번 펑크 난 타이어 수리를 하거나, 배터리가 나간 차를 견인해오는 정도의 일을 했다. 그마저도 술에 취해 있을 때는 돌려보내야 했다. 튜브의 열을 식히는 드럼통 물이 시커멓게 변해갔다. 엄마의 잡화점엔 과자봉지 위로 먼지가 쌓여가고 마을 사람들 몇이 라면이나 우유 정도를 사갈 뿐 외지 손님은 오지 않았다. 기억하기로 그때 아버지는 자주 술에 취해 있었고 엄마랑 다투지 않으면 마을 사람 누군가와 시비가 붙곤 했다. 나는 어머니 편만 드는 누이들 곁에서 아버지 쪽으로 가 있었다. 아버지한테는 편이 없는 것 같았기 때문이다. 자식들 중 아무도 아버지 편을 안 드는 건 불공평하다고 생각했다. 어느 해인가, 아버지가 누군가와 심하게 다퉈 춘천구치소까지 다녀온 적이 있었다. 그해 겨울, 어머니가 산에 가서 삭정이 땔감을 해오기도 했다. 아버지가 풀려나 집에 돌아왔을 때 엄마는 이곳을 떠나자고 아버지를 채근했다. 서울로 올라간 지 두 해도 되지 않아 아버지는 돌아가셨고 유해는 벽제화장장에서 한 시간여를 달려 한탄강에 뿌려졌다. 그 강물이 흘러 돌고 돌아 이곳 홍천강까지 왔을까. 내가 잠든 한밤 내내 아버지는 홍천강가에 서 있었다.

그래. 강물은 어딘가로부터 흘러온 것이다. 햇빛이 물결 위에 반사되어 눈앞이 어룽거린다. 눈이 부셔 가늘게 뜬 눈으로 모래둔덕 건너 강줄기가 갈라져 흐르는 곳을 바라본다. 어울더울 흐르는 물결 속에 언뜻 아버지 모습이 환영처럼 나타났다 사라진다. 비가 와서 물이 불어도 아버지는 강 한가운데서 견지 낚시를 했다. 물살이 세서 아버지가 넘어지면 어쩌나 늘 마음을 졸였는데 아버지의 장딴지는 매우 단단해서 거뜬히 그 물살을 견디곤 했다. 강 가운데 소 깊은 곳을 건너면 소나무가 그늘을 드리운 바위 언덕이 있다. 아버지는 우리들을 업고 헤엄쳐서 그곳에 데려다놓고 다시 강 한가운데서 물고기를 잡았다. 그때의 아버지처럼 튼튼한 허벅지를 갖고 싶었지만 지금의 나는 키만 멀쑥하니 크다. 이곳에 내려오면 아버지를 닮을 수 있을까.

한근수 소장이 우리를 찾으러 내려왔다. 우리가 내려온 밤나무 사잇길이 아니라 시멘트 포장이 되어 있는 길로 내려와 다리 위에서 부른다.

"땅주인한테 전화했더니 빨리 오라고 합디다. 오후에 서울 가야 한답니다."

권과 나는 너럭바위에서 일어나 강둑을 걸어 다리 위로 걸어갔다. 어스름 저녁 아버지의 자전거를 타고 집으로 돌아갔던 길이다. 시멘트가 여기저기 떨어져 나간 다리는 곧 보수공사에 들어간다는 팻말을 붙여 놓았다. 다리 아래를 내려다본다. 강물이 흐르고 있는 가장자리 모래밭에 나무 막대기로 글자를 쓰고 있는 어린 녀석이 있다. 그 녀석이 고개를 들어 강물을 바라본다. 홍천강은 유유히 흐르고 아이는 움직이지 않고 언제까지나 그곳에 있다.

교집합을 닮은

교집합을 닮은

산후조리원은 큰길가에 있었다. 맥도널드 옆에 새로 지은 건물 5층의 창들은 '엄마손산후조리원'이란 선팅지로 모두 가려져 있다. '엄마손…….' 나는 그 이름을 곱씹으며 엘리베이터를 타고 올라갔다. 요즘 들어 빛이 들지 않는 내 방을 나와 가장 높이 올라간 곳이다.

조리원 안에는 분홍색 가운을 입은 산모들이 산후체조를 하고 있었다. 상담실 너머로 보이는 그녀들의 표정은 다큐 프로그램에서 본, 이제 막 먼 바다에서 상어를 끌고 돌아와 뿌듯하고 감격스러워하는 얼굴처럼 안온해 보이고 조금은 몽환적으로 보이기까지 했다. 그녀들 주위에서 뿜어져 나오는 가습기 안개 때문이었는지도 모르겠다.

"지금 가입하지 않으면 자리가 있을지 장담할 수 없어요. 배를 보니 다 돼가네요."

입회원서를 내밀며 이름과 연락처를 쓰라는 상담실장의 말에 하마터면 정작 거기까지 직접 찾아간 목적을 잊고 시키는 대로 적을 뻔했다. 미적미적하는 나의 태도에 그녀는 감을 잡았다는 듯 고개를 모로 꼬고는 또박또박하고 분명한 어조로 말했다.

"일반실 기준으로 3주 400만 원이구요. 두 주만 있을 경우는 250만 원이에요. 그 외 복부마사지나 골반교정, 미백 코스 등은 산모들마다 천차만별이니 다 말씀드릴 순 없죠."

전화상으로는 아무리 가르쳐달래도 꿈쩍 않고, 직접 와서 상담하라던 곳인데 웬일인지 내 얼굴을 보고는 친절하게도 제일 궁금해하는 비용 얘기를 술술 풀어헤쳤다. 그녀의 말투는 어차피 당신은 이곳에 올 형편이 못 되는 것 같군요, 란 뜻이 담겨 있는 듯 부수적 비용을 말할 때는 단호했다.

남편하고 상의한 다음 다시 오겠다며 서둘러 그곳을 나오는데 그녀가 등 뒤로 한마디 덧붙였다.

"괜히 친정엄마 고생시키지 말고 여기 와서 조리해요. 요즘 애 많이 낳는 것도 아니고 기껏해야 한두 번인데……."

갑자기 툭, 하고 뭔가가 내려앉았다. 어색한 표정을 감추느라 바라본 창 너머에 산모들이 젖가슴을 드러내놓고 마사지를 하고 있었다. 그녀들의 뽀얀 가슴이 따뜻해 보였다. 역시 그렇군. 만만찮은 비용일 거라고 짐작했지만 2주에 250만 원이라니. 그 반만 이곳에 머문다 해도 100만 원이 넘는다.

길거리는 온통 소음으로 가득했다. 어디서 사고라도 났는지 차들이 그냥 서 있는 채로 매캐한 연기를 뿜어대고 버스에 탄 사람들은 차창을 열고 머리를 죽 내밀고들 있었다. 목이 컥컥 막히는 바람에 숨쉬기조차 힘들었다. 서둘러 이면도로 안으로 접어들었다.

의사는 임신 말기에 유의할 사항과 함께 예약된 날짜에 나오라는 말을 몇 번씩 했다. 아무래도 오늘 병원 가는 것은 접어야겠다. 우선 몸을 풀 데를 알아보아야 한다. 윤선은 하필이면 왜 같은 시기에 아이를 갖게 된 것인지, 이모는 나보고 사람 사서 하면 된다고 했지만 내가 그럴 형편이 못 된다는 건 이모가 더 잘 안다. 물론, 그녀가 내 산후조리를 알뜰살뜰 해주리라고 처음부터 기대한 것은 아니었다. 며느리가 애 가진 것이 더 반갑고 기쁘겠지만 단번에 사람 사서 하라는 말을 들으니 의논하고 싶은 마음이 싹 가셨다.

"어차피 니 손으로 니 눈 찌른 건데 뭐, 누가 그런 놈하고 살림차리랬냐?"

이모는 상익에 대해 드러내놓고 못마땅하다는 말을 했다. 상익과 같이 산다고 했을 때 이모가 좋아하지 않을 거란 생각은 했다. 하지만 말끝마다 상익에 대해 이죽거리는 것은 참기 힘들었다. 상익도 그걸 아는지 이모에게서 전화가 올 때는 슬그머니 자리를 피해버렸다.

도로 안쪽으로는 음식점들이 즐비하게 들어서 있었다. 나는 따끈한 어묵 국물이 먹고 싶어졌지만 그걸 먹으려고 김밥천국으로 들어가고 싶지는 않았다. 대신 시장 입구에서 '일하는 여성의 집'을 발견했다. 소장이라는 여자는 내 부른 배를 보더니 친절이 뚝뚝 묻어나는 얼굴로 주소와 연락처를 적고 곧 산후도우미를 연결해주겠다고 했다. 그녀가 내미는 명함을 받아들고 다행이다 싶었다. 하루 몇 만 원이란 돈은 적은 게 아니지만 어느 정도 몸을 추스를 수 있을 때까지만 와달라고 해야겠다.

집에 돌아오자마자 탱탱하게 부어오른 다리부터 주물렀다. 그런데 배가 심하게 당겼다. 뱃속 의 아이도 오늘 꽤나 힘이 들었나 보다. 곧 세상 밖으로 나올 날을 손꼽아 기다리는 건 아이뿐만이 아니었다. 상익은 내 배에다 귀를 대고 아이와 대화를 했다. 마치 다 큰 애가 거기 들어가 앉아 있는 것처럼 이런저런 얘기를 해준다.

핸드폰 벨소리에 가라앉은 방안의 고요가 화들짝 흩어졌다. 상익이다.

“오늘 거기 가봤지, 시설은 어땠어?”

“응. 별로야. 시설도 그렇고, 근데 비싸기만 들입다 비싸고……. 걱정하지 마. 다른 방법을 찾았어.”

나는 짐짓 큰소리로 말했다. 그는 오늘도 야간근무를 해야 한다. 프레스 팀의 파키스탄 산업연수생 중 두 명이 체류기간을 연장하러 돌아갔다고 했다. 오늘 아침에도 상익은 선적 날짜가 얼마 남지 않아 라인을 풀가동해야 한다며 걱정스런 얼굴로 나갔다. 상익이 늦는다는 말에 비로소 오늘 하루 종일 아무것도 먹지 않은 것이 생각났다. 상 위에 놓여 있던 고구마를 집어 들고 한 입 베어 물었다. 퍽퍽한 것이 목구멍에 걸렸다. 그것을 개수대에 뱉었더니 아침에 담가놓았던 밥그릇의 찌꺼기와 함께 흉물스럽게 보였다. 수도꼭지를 세차게 틀었다. 고구마 몽우리들은 물과 함께 크르륵 소리를 내며 떠내려갔다.

상익은 새벽녘이 되어서야 돌아올 것이다. 그는 살그머니 문을 열고 들어와 내 곁에 눕는다. 내가 깰까봐 조심조심 소리를 내지 않지만 그가 묻혀오는 새벽공기의 서슬에 나는 늘 잠이 깨곤 했다. 나는 잠든 척 숨죽이고 있다가 그가 곤하게 잠이 들면 얼굴에 코를 대보았다. 나는 그의 살 냄새가 좋았다. 하지만 새벽녘에는 그에게서 나는 숲 속의 물풀 냄새 같은 것이 나를 잠들지 못하게 했다. 그가 다니는 곳은 K제화 하청업체이다. 공정의 완제품 단계에서 구두의 마지막 단계를 점검하고 상품 포장과 선적까지 맡아하는 것이 그의 일이다.

처음 상익을 만났을 때, 그는 대형 마트 납품일을 맡아 내가 일하던 곳에 자주 오곤 했다. 아웃렛 매장은 으레 납품일로 드나드는 사람이 많았기 때문에 그가 특별히 내 눈에 띄었던 것은 아니다. 나중에 그가 해준 말이지만 내가 그의 눈에 띄었다고 했다. 왜냐하면 그가 올 때, 나는 늘 화장실 옆 긴 의자에 앉아 퉁퉁 부어오른 발등을 주무르고 있었기 때문이다. 지금도 그렇지만 나는 유난히 발이 잘 붓는 편이다. 매장일이라는 게 늘 서 있어야 하니 견디기가 힘들었다. 하지만 이미 이모로부터 독립이란 걸 했기 때문에 무슨 일이든 해야 했다. 다시 그곳으로 돌아가고 싶지 않았다. 술 취한 이모부의 게슴츠레한 눈빛을 받아내는 것도 그랬고, 다 큰 사촌동생 녀석들의 방을 청소하다 책상서랍에서 삐져나온 포르노 잡지를 보고 흠칫거리는 것도 지겨웠다. 집안일은 온통 내게 맡기고 구역일이다, 노래교실이다 쫓아다니는 이모에게 더 이상 의지하고 싶지도 않았다.

“이거요. 아마 맞을 겁니다.”

어느 날인가 여지없이 부운 발등 때문에 구두를 벗고 있던 내게 상익이 쇼핑백 하나를 내밀었다. 내가 너무 꽉 끼는 신발을 신고 있어 늘 발이 아픈 거라며 자기가 직접 만든 건데 신어보라고 했다. 어리둥절해 주춤거리자 그는 한쪽 눈을 찡긋하며 엄지손가락을 들어보였다.

"이래봬도 제화업계선 알아주는 솜씹니다."

그의 앞이마를 비스듬히 가리고 있던 머리카락은 내 아버지처럼 반곱슬이었다. 발등이 부어서 아플 때는 물구나무를 서보라고 했다. 거꾸로 서 있으면 피가 내려가기 때문에 곧 좋아진다면서. 돌아나가는 그의 등 뒤에 대고 이거 필요 없는데요, 라고 했지만 사람들 속으로 사라진 그에겐 들리지 않았다. 나는 곧 그가 준 구두를 미심쩍은 마음으로 신어보았다. 신발은 정말 꼭 맞았다. 그가 내 신발 사이즈를 어떻게 알았을까 궁금했는데 화장품 코너 언니에게 구두 한 켤레를 주며 물어보았단다. 비밀로 해달라면서.

그날 밤 방에 들어서자마자 벽 한 귀퉁이에 가서 물구나무서기를 해보았다. 크게 효과가 있어 보이진 않았지만 그가 좋은 사람일 것 같다는 게 거꾸로 흐르는 피톨 사이로 전해져왔다. 일주일 후 구두 값이 얼마냐고 새침하게 묻는 내게 밥이나 사줘요, 라며 미소 짓던 그. 그때부터 상익은 내 삶 속으로 들어왔다.

피곤하다. 온몸이 물을 잔뜩 머금은 솜처럼 무겁다. 나는 웅얼거리는 텔레비전 소리를 들으며 서서히 가라앉고 있었다. 그러다 내 시선을 잡아끄는 화면이 나타났다. 빠르게 바뀌는 광고만 보면 꼼짝 않는 아기들처럼 나도 저 광고 화면만 보면 그렇게 되곤 했다. 담장에 넝쿨장미가 흐드러진 전원주택 앞에 깔끔하게 반짝이는 자동차 한 대가 미끄러지듯 들어갔다. 카메라는 자동차를 따라 풍광을 흐르듯 보여주었다. 전원주택 단지의 잘 다듬어진 나무들, 낮은 담장 너머로 보이는 통나무 데크. 그 위에 놓인 음료가 광고의 주인공이지만 나는 늘 저 집을 바라보았다. 하얗고 가지런한 치아를 드러내며 웃는 여자와 어린 계집아이는 '이걸 마시면 이렇게 행복해진답니다'라고 말하고 있었다. 곧이어 등장한 아이의 아빠는 아내가 건네주는 음료 한 잔을 마시며 흡족한 표정을 지었다. 광고 속의 그들은 내가 그 음료를 마셔보고 싶어한다는 것을 알고 있는 듯했다. '행복해지고 싶지?' '이런 집에서 살고 싶지?' 그들은 내게 방법을 가르쳐주고 있었다. 하지만 나는 아직 그것을 사 마시지 않았다. 왠지 아껴두고 싶었다. 아니, 그것을 먹었는데도 지금처럼 똑같이 햇빛도 들지 않는 이런 곳에 있게 될까봐 두려웠다. TV 속 광고들 가운데 유독 저것이 내 마음을 사로잡는 이유는 그 집이 주는 이미지가 낯설지 않기 때문이다. 현관 옆에 나무로 만든 데크가 있던 우리집. 아버지는 퇴근 후에 늘 나무를 만졌다. 회사에서 쓰다 남은 자투리 나무를 실어와 식탁이며 책상, 의자들을 만들곤 했다. 새엄마는 청주 그 집에 아직 살고 있을까. 나는 고개를 저었다.

새엄마는 여름이면 늘 하얀 면실로 레이스 뜨기를 했다. 식탁보와 방석 커버를 만들고 밸런스를 만들어 창문을 장식했다. 아버지의 러닝셔츠와 내 덧버선도 떠주곤 했는데 그것을 신고 마룻바닥을 다닐 때 느껴지는 까슬까슬한 감촉이 좋았다. 학교에서 돌아와 현관을 들어서며 부르던 이름, 엄마. 오로지 학교에서 돌아오는 나만을 위해 그녀가 만들어주었던 바삭한 감자 크로켓, 노랗고 부드러운 카스텔라, 새콤달콤했던 과일 샐러드. 나는 지금 그런 것들이 먹고 싶어졌다. 고등학교 일학년 겨울, 엄청난 두려움과 막막함 속에서도 나는 새엄마가 해주던 그런 것들이 먹고 싶어 미칠 것 같았다.

세상은 허투루 알기엔 너무 무서운 곳이었다. 겨우 열일곱 계집애는 명민하지도, 약아빠지지도 못했다. 게다가 둔감하기까지 했으니. 후회해도 소용없었다. 무섭게 부는 바람은 이미 모든 걸 뒤집어놓았다.

"아마 나밖에 없을 겁니다, 여자한테 구두 선물하는 사람은. 신고 도망가버리면 어쩌나 속으로 얼마나 걱정했게요."

상익과 두 번째 만나던 날, 아웃렛 뒷골목 포장마차에서 그의 이야기를 듣지 말았어야 했다. 한날한시에 세상을 떠난 부모, 요양시설에 맡겨둔 동생. 어느 해인가 서해에서 배가 침몰하는 사고가 있었다. 그때, 많은 사람이 바다에 빠져 목숨을 잃었다. 부부동반으로 배에 탔던 그의 부모 이름도 그 명단에 있었다. 자폐증상이 있던 하나밖에 없는 동생은 그 후 완전히 자기 세계에 갇혀버렸다. 그가 내게 같이 살자고 했다.

단호하게 거절하는 나를 그는 참, 오랫동안 기다렸다. 마침내 내가 두 손을 들었을 때, 그는 나의 모든 것을 이해한다고 했다. 내 열일곱의 불행도. 하지만 난 언제든 그의 곁을 떠날 수 있을 것이라 자신만만해했다. 그래서 아이를 갖고 싶지 않았다. 내 황폐한 자궁 안에 새로운 생명을 간직한다는 것은 불가능한 일이라 여겼다. 몇 년을 그렇게 보냈다. 아침에는 각자 자기 일터로 나가서 전과 다름없이 일하고 사람들과 점심식사를 하며 커피 따위를 마시고 웃고 떠들었다. 그리고 저녁이 되면 돌아와 밥을 짓고 찌개를 끓여 같이 먹었다. 처음은 그의 옥탑방에서 시작했다. 그곳은 겨울이 되면 생수통이 얼어붙을 정도로 외풍이 심한 곳이라 우리는 빛이 들지 않지만 그래도 따뜻하다 싶은 이곳으로 옮겨 왔다.

지지직거리는 소리가 났다. 깜박 잠이 들었었나 보다. 리모컨을 찾아 TV를 끄고 나니 냉장고의 그르렁거리는 소리가 더 크게 들렸다. 오늘 하루 종일 걸어다녔고, 먹은 것도 시원치 않은데다 깊이 잠들지 못해 머리가 지끈거렸다. 아랫배가 당기니 내일은 병원에도 가봐야겠다. 나는 어떻게든 잠을 자보려고 베갯속으로 머리를 디밀었다.

형광불빛이 너무 밝다. 어지럽다. 귓가에 무슨 소리가 들리는 것 같지만 통 알아들을 수가 없다. 의식이 차츰 또렷해진다. 의사와 간호사가 분주하게 움직이는 모습이 영화 속 한 장면 같다. 새엄마의 걱정스런 얼굴도 보인다. 그녀가 내 손을 잡고 있다. 땀이 고여 있다.

"한 번 더, 옳지!" 의사가 주문을 외듯 소리친다. 나는 혼신의 힘을 다해 외마디 비명을 질렀다.

"선생님, 머리가 보여요."

그들의 익숙한 손놀림이 계속되고 아기는 드디어 내 배 위에 얹혔다가 곧 사라진다. 내 손을 놓은 엄마가 분만실 한 쪽에서 의사의 말에 고개를 끄덕이고 있다. 몽롱한 의식 속에서 내가 손을 저었다. 그녀가 내게 다가와 슬픔에 잠긴, 그러나 단호한 목소리로 말했다.

"엄마 하잔 대로 해. 이게 널 위한 최선의 방법이란다."

나는 그것이 무엇인지 알고 있었지만 거부하고 있다, 온몸으로.

누군가 어깨를 흔들었다. 눈을 떠보니 상익이 돌아와 있었다.

"무슨 꿈을 꾼 거야, 이렇게 식은땀을 흘리고……. 괜찮아?"

점퍼는 후줄근해지고 입술이 마른 그에게서 바람 냄새가 났다. 그 바람결에 묻어온 새벽 기운이 코를 알싸하게 했다. 겨울 새벽의 참담한 추위를 뚫고 왔을 상익이 안쓰럽다.

"이제 왔어? 많이 늦었네."

"미안해. 회사 분위기가 지금 좀 안 좋아. 파키스탄 애들 가고 나니까 인도 쪽 애들로 모두 바꿔버리려나봐. 처음부터 붙잡고 다시 가르쳐야 해."

체류기간 연장할 틈도 주지 않는 회사라고 상익은 실망을 많이 한 모양이다. 하지만 그런 표시를 낼 수는 없다. K제화가 환율 때문에 내수 쪽으로 돌린다면 상익 역시 언제 정리될지 모르는 상황이다. 그는 곧 자리에 들었다. 씻지도 못한 채 잠들어버린 그의 모습은 사막을 가로질러온 사람처럼 고단해 보였다.

"장계영 씨, 산모가 너무 긴장해 있으면 태아가 그걸 알아요. 임신 말기에 더 조심해야 합니다."

늘 한결같은 표정의 산부인과 의사는 출산일이 얼마 남지 않았으니 검진받는 날짜를 꼭 지키라고 또 한번 당부했다. 어제 산후조리원이며 시장 골목, 일하는 여성의 집 등 너무 많이 걸었던 게 태아에게 그대로 전해졌나 보다.

병원을 나와 꿈마을 아파트단지 담장을 끼고 걸었다. 얼마 전에 입주를 시작한 그곳은 거의 매일같이 이삿짐 차의 고가 사다리가 걸쳐져 있고 새 가구와 전자제품을 가득 실은 차들이 앞을 다투어 단지 안으로 들어갔다. 이곳은 대단위 아파트 단지가 들어서면서 많은 것들이 달라져갔다. 주변은 물론이고 길 건너 우리 동네까지 다세대 주택들이 빼곡히 들어찼다. 큰 길을 중심으로 상가가 조성되어 밤이면 울긋불긋 휘황찬란한 간판들이 사람들을 들뜨게 했다. 주인집 여자는 아파트 단지 옆새로 생긴 스포츠센터에 우리에게 올려받은 전세금 오 백만 원의 반을 뚝 떼어 연간회원으로 등록을 했다.

집으로 돌아와 문을 여는 순간 어둠이 훅하고 눈길을 잡아챘다. 반지하가 품고 있는 습기는 참을 만하지만 어두운 것은 좀처럼 익숙해지지 않았다. 낮에는 희부옇게라도 보이는데 지금처럼 어스름이 내리는 시간에는 아예 형체도 보이지 않는 동굴 속 같다. 익숙하게 손을 움직여 방문 옆 스위치를 올리자 형광불빛 아래 비로소 방안의 모습이 눈에 들어왔다. 아이를 낳으면 어떻게 해서든 집을 옮겨야겠다.

"새댁, 새댁 있어요? 누가 찾아왔는데……."

주인집 여자였다.

"그리 내려가세요. 새댁 집은 그 쪽이거든요."

일하는 여성의 집에서 미리 방문해 보겠다던 사람들이 왔나 보다. 그들이 주인집 인터폰을 눌러서인지 주인 여자는 얼굴에 덕지덕지 마사지크림을 묻힌 채로 우리 집을 가리키고 있었다. 계단 위에서 나를 내려다보고 있는 그들의 얼굴에 난감해하는 빛이 역력했다. 딸인 듯한 젊은 여자는 그 엄마보다 더 실망하는 표정이다. 그곳 소장 얘기로는 어떤 도우미 회원의 친정엄마 가 나의 산후도우미로 나섰다고 했다. 고정적인 일이 아니라 회원 중엔 할 사람이 없다면서, 그렇게라도 연결해주는 것을 퍽 생색내는 말투였다.

소장에게 우리 집 약도를 알려주었지만 나는 지하방이라는 건 얘기하지 않았다. 사람 좋아 뵈는 미소를 가지고 있던 그녀에게 굳이 내가 햇빛도 들지 않는 어두운 반지하에 산다는 걸 말하고 싶지 않았다. 소장의 전화를 받고 나서 눅진눅진 달라붙는 기운을 내보내기 위해 길가로 난 창문을 열었는데도 젊은 여자는 방 안 공기가 맘에 안 드는지 연신 코를 움찔거렸다.

"새댁은 친정엄마 가 없는가 보네. 산구완해줄 사람이 전혀 없어요?"

나이 든 쪽이 말했다.

"아, 네……."

그러니까 당신들이 여기 온 거지요, 나는 속으로 그 말을 뇌며 한편으로 사정은 딱하지만 이렇게 누추한 곳으로는 올 수 없겠네요, 라는 말을 할까봐 조마조마하였다. 그녀들은 연락을 주겠다며 따라놓은 주스를 반이나 넘게 남겨둔 채 서둘러 떠났다. 아니나 다를까 그들이 우리 집을 나간 지 삼십 분이 안 되어 소장으로부터 전화가 왔다.

전화선 너머에서 들려오는 그녀 목소리는 전과 달라져 있었다.

"우리 회원이 갑자기 일이 생겨서 그쪽에 갈 수가 없다고 연락해왔어요. 다른 사람들은 지금 다 고정적으로 나가는 데가 있고……. 아무래도 다른 센터에서 알아보시는 게 좋을 것 같네요."

그녀는 사무적으로 말하고는 먼저 전화를 끊었다. 툭, 갑자기 손에 힘이 빠져버렸다. 가슴 저 밑에서부터 뭔가가 뿌옇게 일더니 급기야 눈가가 부풀어 오르며 눈물이 쏟아졌다. 한동안 눈물이 나지 않았었다. 그래서 눈이 따가워지고 뻑뻑한 기분이 들 때는 안구건조증인가 싶기도 했는데 그건 아닌가 보다. 이렇게 봇물 터지듯 흘러내리는 걸 보니…….

집에 돌아온 상익은 눈이 퉁퉁 부은 내 모습을 보고 걱정을 했다. 회사를 쉬며 당분간 자기가 곁에 있을 것이라고 했지만 그건 안 될 말이다. 그렇게 하면 당장 다달이 들어가는 동생의 병원비며 이사 가려고 붓고 있는 적금은 어떻게 하는가. 그리고 다시 그 회사로 돌아갈 수 있을지도 장담할 수 없다. 더군다나 지금처럼 분위기가 어수선할 때, 하반기 수출 선적 일을 맡고 있는 그가 쉰다는 것은 있을 수 없는 일이다.

피곤한지 상익은 잠을 자며 낮게 코를 골았다. 나는 그 소리에도 잠을 이룰 수가 없었다. 냉장고에서 손님들에게 내놓고 반쯤 남은 주스를 꺼내 마셨다. TV 속 광고는 역시 거짓말을 하고 있었다. 하긴 주스 한 잔에 행복이라니. 그런 게 가당키나 한 세상인가. 달고 새콤한 주스를 반이나 넘게 남겨두고 부랴부랴 가버린 모녀. 새댁은 산구완해줄 친정엄마가 없나 보네, 라고 말하던 나이든 이의 동정하는 말투. 나는 냉장고에 기대앉아 내 열일곱 살의 봉인된 시간을 열고 새엄마의 모습을 떠올렸다. 그때 그 아이는 어떻게 되었을까? 나는 고개를 저었다. 출구를 막아버린 그곳으로 들어가기 두려웠다.

"니 나이가 지금 몇인데 혼자 산다고 그러니? 막말로 계영이가 너랑 무슨 상관있다고. 애 이모가 데려가겠다고 했다며……."

우리 집에 올 때면 늘 예쁜 인형이며, 캐릭터 필통을 사다주던 수남 아줌마였다. 그날은 수행평가 때문에 집에 들러 미리 학원 교재를 챙겨 가야 했다. 수남 아줌마는 남편이 죽고 없는데 전처 자식과 무슨 연결고리가 있냐며, 앞이 창창한 새엄마의 앞날을 걱정하고 있었다. 열려진 현관문 밖에서 나는 수남 아줌마의 네 팔자 운운하는 얘기를 들으며 그 자리에서 옴짝달싹 못하고 서 있었다.

그것은 전혀 준비되지 않은 일이었다. 중학교 2학년 여름이었다. 장마철이라 아침부터 폭우가 퍼붓고 있었다. 나를 학교 정문 앞에 내려주고 회사로 출근하던 아버지의 차는 교차로에서 신호를 위반하고 전속력으로 달리던 5톤 트럭과 정면충돌하였다. 찌그러진 차 사이에 끼인 시신을 수습하느라 교차로가 한동안 교통이 마비될 정도로 아버지의 죽음은 처참했다. 내 피아노 학원 선생님이었던 새엄마와 재혼한 지 육 년째 되는 해였다.

아버지가 그렇게 우리 곁을 떠나버린 뒤, 새엄마와 나는 우리에게 닥친 사태를 어떻게 받아들여야 할지 몰라 망연자실한 채, 각자의 방에서 나오지 않았다. 그녀와 나 사이에 놓인 아버지 죽음은 우리 둘의 관계를 아무것도 아닌 것으로 돌려놓았다. 둘 사이에 그렇게 암묵적으로 흐르는 기류들은 우리가 아닌 다른 사람들로부터 확인되고 있었다. 이모는 새엄마를 만나 나를 데려가겠다고 했다. 그동안 아무 연락도 없었던 외가 쪽 사람들은 내게 새엄마와 나는 아무 상관이 없는 사이라는 걸 반복해서 말했고 새엄마는 곤혹스러워하며 그들을 대했다. 겨우 중2밖에 안 된 내가 할 수 있는 일은 아무것도 없었다. 그들은 내 의사 따위는 물어보지도 않은 채, 아버지 죽음과 맞바꾼 보상금에다 아버지 재산을 챙겨서 나를 데려갔다. 새엄마에게는 청주 그 집만 남겨졌다. 수남 아줌마의 그 얘기를 듣지 못했더라면, 나는 그냥 그곳에 살고 싶다고 했을지 모르겠다.

내가 서울 이모집으로 떠나던 날, 새엄마는 말했다. 내 방은 언제나 그대로 둘 테니 돌아오고 싶을 때 언제든지 다시 오라고. 나는 그녀 앞에서 고개를 모로 돌려 작별인사를 했다. 고속버스 안에서 바라본 들판 너머로 새엄마와 함께 보낸 시간들이 강물이 되어 흘러갔다.

서울에서 나는 이제까지와는 다른 모습으로 살게 되었다. 이모 부부는 새로 짓는 교회 일에 온 신경을 쏟고 있었고 곧 있을 성지순례 프로그램에 사람들을 끌어모으느라 집에 돌아오지 못하는 날도 많았다. 사촌동생 두 녀석은 그런 부모를 둔 자유를 맘껏 누리고 있었다. 집에 돌아가면 녀석들 패거리가 모여들어 좁은 아파트를 온통 난장판으로 만들어놓았다. 나는 밖으로 나돌았다. 새엄마가 몇 년을 가르쳐준 피아노도 칠 수 없었고 상위권이었던 성적도 바닥을 치고 있었다. 가슴 속에선 늘 겨울 들판에 부는 바람 소리가 들렸다.

그 일이 일어난 것은 고등학교 일학년이 되고 얼마 지나지 않아서였다.

"너를 보고 있으면 꼭 길을 가다 넘어질 것처럼 위태위태해 보여. 잡아줘야 할 것 같아."

나와 대각선으로 앉아 있던 미경이 말했다. 그 다음 날 우리는 담임에게 짝을 바꿔달라고 했다. 나는 미경과 늘 붙어다녔다. 그 애 주위엔 친구들이 많았다. 특히 남자 애들이. 그 애들 중 누군가의 생일이었는지는 정확하게 기억나지 않는다. 부모가 신축 아파트 인테리어 일을 하느라 지방에 가고 없는 어느 친구 집에서 밤새워 술을 마시고 노래하고 춤을 추며 생일 파티를 했다. 아이들은 두세 시가 되자 하나둘씩 곯아떨어졌다. 나도 어느 샌가 잠이 들었나 싶었는데 문득 묵직한 무엇인가가 누르는 느낌이 들었다. 눈을 떠보니 씩씩거리며 거친 숨을 몰아쉬는 녀석 하나가 내 몸 위에 올라와 있었다. 소리를 지르려 했지만 내 입은 그의 손에 막혀 숨조차 쉴 수가 없었다. 어둠 속에서 본 그는 아이들과 놀 때 나를 계속 쳐다보고 있던 녀석이었다. 나중에 보니 방 안엔 그와 나 둘뿐이었다. 미경은 날 깨우지도 않고 자기 남자 친구와 가버렸고 새벽녘에 다른 아이들도 모두 돌아가버린 걸 몰랐다. 게임을 잘 하지 못했던 나는 연거푸 걸렸고 벌칙으로 못 마시는 술을 한꺼번에 많이 마셨다. 처음부터 그 애들과 어울려선 안 되는 것을……. 너무 방심했다.

아버지 죽음으로 시작된 내 불운은 끝없이 진행 중이었고 내가 이 세상에 홀로 내동댕이쳐진 존재라는 사실이 무서워서 견딜 수가 없었다. 교복 치마 밑에서 이상한 조짐이 보이고 더 이상 옷으로도 가릴 수 없는 지경에 이르렀을 때, 나는 두려워 죽고 싶었다. 어떻게 해야 할지, 누구에게 말을 해야 하고 어떤 도움을 받아야 하는지……. 열일곱의 나는 그렇게 어마어마한 나날들을 보내고 있었다.

겨울방학이 시작되고 눈이 하얗게 쏟아지던 날, 나는 아버지가 보고 싶었다. 청주에 있는 아버지에게 마지막 작별인사를 하러 동성동 공원 묘원으로 갔다. 거기 납골당에서 새엄마를 만났다. 거의 삼 년 만이었다. 그녀는 내 몸 상태에 대해서는 추궁하지 않은 채 눈물만 흘렸다. 나는 그녀 앞에서 소리내어 울었다. 나쁜 짓을 했다는 부끄러움보다 이제 혼자 두려워하지 않아도 된다는 안도감에서였을 것이다.

지금 생각해보니 내가 그녀에게 준 실망감과 고통이 어떠했으리란 건 염두에 두지 못했다. 나는 내 몸 추스르기에 급급했고 그녀의 심중은 헤아리지 못했다. 죽은 남편의 전처 딸이 배가 부른, 그것도 겨우 열일곱 나이에 일어난 엄청난 일의 뒷수습을 감당해야 했던 그녀였다. 내가 새엄마였더라면 어땠을까.

아버지 보상금 대부분은 성전 축전에 바쳐졌다.

"이게 다 너를 위해서야. 네 아빠도 구원받고 너도 구원받는 길이란다."

내게 일어난 일을 까마득히 모른 채, 해외 성지순례 길에서 돌아온 이모는 더욱 열렬한 믿음으로 무장되었다. 그 다음해 가을, 이모네는 일산 신도시로 집을 옮겼다. 그곳으로 가기 전만 해도 새엄마와 연락이 닿았지만 그 후 끊어지게 되었다. 어쩌면 흉측한 나의 과거를 감추기 위해 그곳으로 난 출구를 봉쇄해버렸는지도 모르겠다.

새엄마가 끓여주던 미역국 냄새가 나는 것 같다. 참기름에 잘게 다진 쇠고기를 볶아 끓인 미역국. 나는 참 염치없게도 그 국을 맛있게 비워냈다. 아이를 보내고도 여지없이 젖은 부어올랐다. 새엄마는 그 젖을 유착기 없이 손수 짜주었다. 유착기를 쓰면 가슴에 멍울이 남아 젖몸살을 앓는다며 아프다고 소리지르는 나를 달랬다. 그녀는 며칠씩 벌겋게 피를 쏟아낸 기저귀를 빨아주며 밑이 아물 때까지 정성을 다했다. 튼살 치료에 좋다는 연고를 구하기 위해 서울에 있는 친구에게까지 부탁을 했다. 새엄마가 하루도 빠뜨리지 않고 마사지를 해주어선지 다행히 그때 튼 자국은 얼마 후 없어졌다. 그것은 사라져서 보이지 않았지만 새엄마의 손길은 잘 쓸린 마당의 빗자루 자국처럼 내 몸에 남아 있다. 아무래도 나는 다시 그녀를 찾아가야만 할 것 같다.

청주로 가는 버스에 올랐을 때, 눈이 내리기 시작했다. 겨울이 시작된 것도 모르고 있었는데 눈이라니. 눈송이는 차창에 떨어져 비처럼 흘러내렸다. 상익은 걱정스러운 표정으로 함께 가준다고 했지만 선적 날이 코앞이라 그럴 수 없는 형편이란 걸 나는 알고 있다. 무엇보다도 내가 그와 함께 가는 것이 내키지 않아 손을 내저어 사양했다. 새엄마 형편이 어떻게 바뀌었는지……. 그렇다면 다시 돌아와야 할 것이다.

우암동은 많이 변해 있었다. 내가 살고 있는 곳의 변화가 그곳에도 있었다. 큰 아파트 단지와 상가가 들어서 있고 거리는 번화가의 그것처럼 세련된 모습으로 번쩍였다. 예전에 다니던 골목은 어디로 갔는지 보이지 않았지만 학교 언덕 아래 있던 우리 집은 그대로였다. 눈을 흠뻑 뒤집어쓰고 있는 측백나무, 아버지가 매끄럽게 다듬어놓았던 대문의 나뭇결무늬, 빨간 색 우편함. 새로운 것이라면 대문 위에 붙어 있는 '인영피아노교습소'란 간판이었다. 새엄마가 내 피아노 선생님이었을 때는 유치원 건물 옆에서 학원을 했었다. 대문은 열려 있었다. 현관 옆 통나무 데크 위에도 눈이 쌓였다.

"아줌마는 누구세요?"

마당 한가운데 있던 조그만 여자아이가 눈송이를 뭉치며 내게 물었다. 나의 부른 배를 바라보는 동그란 눈망울이 어디선가 본 듯하다.

"피아노 때문에 오셨나요? 엄마! 손님이 오셨어요."

아이는 장갑에 묻어 있던 눈을 탁탁 털며 안을 향해 뛰어갔다. '엄마라니…….' 나는 대문간에 서서 어찌해야 할지 몰라 뒷걸음질을 치고 있었다.

아이의 손에 이끌려나온 사람은 예전처럼 올린 머리를 하고 있는, 조금은 늙어버린 모습의 새엄마였다.

"누구?…… 계영아!"

그녀는 단박에 나를 알아보았다. 새엄마의 시선은 내 부른 배로 가닿았다. 오래 전, 아버지가 있는 공원묘원에서 만났을 때도 이런 모습이었지만 그때와는 사뭇 다른 표정으로 반겨주었다. 닫아두었던 시간을 거슬러올라가 그동안 연락을 두절한 것을 미안해하지 않아도 될 것 같았다.

집안은 피아노가 서너 대 늘어난 것 말고는 예전 모습 그대로였다. 모서리가 닳은 콘솔 탁자 위에 아버지와 어린 날의 나, 새엄마가 함께 찍은 사진이 올망졸망 놓여 있고 마당에 있던 여자아이의 사진도 여러 개 있었다.

내가 난로 위에서 끓고 있던 옥수수차를 두 잔이나 마시는 동안 그녀는 나의 이야기만 묻고 있었다. 해산날이 언제며 아이 아버지는 어떤 사람이고 그동안 왜 한번도 오지 않았느냐고. 비로소 나는 새엄마에게 연락 못 드려 죄송하다고 말할 수 있게 되었다. 그리고 다시 새엄마를 찾아온 염치없음을 미안해했다. 그녀는 옆에 있던 아이에게 심부름을 시켰다. 아이는 바나나처럼 묶은 머리를 나풀거리며 뛰어나갔다. 저 머리 모습……, 아이 얼굴이 떠오른다. 나는 머릿속에 흩어져 있던 고리 하나하나가 끼워지는 걸 보았다. 나는 '어떻게……' 란 말을 한 후, 입을 다물지 못한 채 새엄마에게 그간의 사정을 묻지 않을 수 없었다.

"그래. 저 아이란다. 네 소식이 끊어지고 얼마 안 있어 아이가 고아원으로 가게 된 걸 알았어. 아이를 내 밑으로 입적시켰단다. 네 허락도 없이……."

그녀는 나와 닿지 않았던 그 시간 동안 내가 낳은 아이를 자신의 딸로 키웠다. 고통스러웠던 그때가 똬리를 풀고 일어났다. 머리가 뜨거워지는 느낌과 동시에 눈 밑이 부풀어올랐다. 난 한쪽 입술을 깨물고 있었다.

"계영아. 저 아이 네가 낳았지만 내 딸이란다. 네가 알고 있었는지 모르겠지만 난, 아이를 낳지 못하는 여자였어. 그것 때문에 처음 결혼에 실패하기도 했고……. 나는……."

그녀의 어깨가 흔들렸다.

"나는 혼자서 살고 싶지 않았어. 네 아빠 그렇게 되고, 그리고 너마저 떠나고 나서 너무 외롭고 힘들었단다."

나는 입술을 앙다물고 있었지만 뭐라고 말을 해야 한다는 걸 알고 있었다. 하지만 한마디도 할 수가 없었다. 단지 목울대로 넘어가는 뜨거운 것만 삼키고 있었다.

눈은 다음날에도 계속 내렸다. 여전히 새엄마와 나, 그리고 그 아이. 남들이 알면 이상한 가족관계라고 하겠지만 아침을 먹고 나서 우린 눈을 맞으며 함께 동네 목욕탕에 갔다. 옛날처럼 목욕바구니에 비누와 샴푸를 담아 옆구리에 끼고 걸었다. 새엄마는 내 배에 가만히 손을 얹었다. 그리고는 비누거품을 묻혀 오랫동안 씻어주었다. 내 몸이 기억하고 있는 그녀의 손길이었다. 나는 가만히 있었다. 인영이는……. 아이의 이름이 인영이었다. 배가 부른 내 모습이 신기한지 새엄마가 하는 대로 똑같이 따라 했다. 나는 아이의 젖은 머리를 안아주었다. 아이가 나를 닮았다고 생각했다. 아니, 새엄마와 닮아 있었다. 그러고 보면 우린 조금씩 비슷해져 있었다.

청주에서 한 해의 끝자락을 보내고 새해가 되었다. 나는 진통을 참으며 새엄마와 같이 병원에 가서 아이를 낳았다. 아이는 아버지와 상익의 곱슬머리를 닮아 머리카락이 또르르 말려올라간 사내아이였다. 아기 면회 시간에 우리 세 모녀는 신생아실 유리창에 조르륵 달라붙어 새로 태어난 또 하나의 우리 가족을 만나고 있었다.

목격자를 찾습니다

목격자를 찾습니다

바람에 찢어질 듯 현수막이 펄럭거린다. 무슨 바람이 겨울바람처럼 거칠다. 목격자를 찾는다는, 현수막 글자들이 마구 뒤틀리고 있다. 나는 천천히 차를 몰아 현수막 옆을 지나며 승일을 생각했다. 그는 지금 어디에 있을까. 진짜 목격자를 찾아나선 것일까. 휴마트 계산대 앞에 있는 승일의 어머니가 밖을 내다보고 있다. 그녀의 눈은 지나가는 차들의 안을 훑고 뒤꽁무니를 쫓는다. 손님이 물건 담은 바구니를 올려놓았는데도 그저 밖으로만 눈길을 주고 있다. 음료수 상자를 나르던 승일의 형이 어머니를 의자에 앉히고 대신 계산을 했다. 나는 휴마트 앞을 그냥 지나쳤다. 분유와 기저귀가 필요하지만 그냥 동네 슈퍼에 가서 사야겠다. 승일에게 유리한 진술을 할 사람은 오직 내가 아니었을까, 하는 생각에 마음이 뒤숭숭하다.

그날, 5교시가 막 시작되고 있을 때였다. 아이가 다쳤다는 연락이 왔다. 시어머니가 잠시 눈을 붙인 사이 식탁 모서리에 부딪혀 이마가 찢어졌다는 것이다. 나는 하승일 교생에게 3학년 2반 아이들을 맡기고 교실을 나섰다. 녀석들은 신이 났다. 복도를 벗어나는데 '까르르' 하는 웃음소리가 허공으로 흩어졌다. 젊고 잘 생긴 교생이 들어오니 마냥 좋은가 보다. 교감은 이번에 온 교생들 중에서 승일이 가장 평점이 높을 거라고 했다. 그는 옆자리 사회과 류 선생의 제자이기도 했다.

아이는 이마를 세 바늘 꿰맸다. 학교로 돌아가야 했다. 경황이 없어서 교감한테 이러저러한 얘기도 않고 하승일 교생만 믿고 나왔다. 시어머니는 아이를 받으며 더 이상 못 봐주겠다는 말을 했다. 나도 시댁에 아이를 맡기고 싶지 않았다. 다른 방법을 찾아야겠다.

"아기는 괜찮나요. 많이 다친 건 아니지요?"

학교 후문 쪽에 주차를 하고 내리는데 승일이 다가왔다. 그의 곁에는 짐이 실린 파란색 트럭이 주차되어 있었다. 아이들이 그가 트럭으로 학교에 출근한다는 얘기를 해주었을 때 웬 트럭, 하고 생각했다.

"류 선생님이 걱정 많이 하셨어요."

"그랬군요. 고마웠어요, 선생님."

류 선생은 자기가 처음 이곳에 왔을 때 가르쳤던 중학교 2학년짜리가 다 커서 교생 실습을 하러 왔다며 감회에 젖은 얼굴을 했다. 더군다나 승일이 대전 시내가 아닌 이곳에 실습 신청을 했다는 것에 대견해했다. 류 선생은 승일이 중학생 때부터 괜찮은 아이였다고 말했다. 오랜만에 제자를 만나 뿌듯해하는 모습이 보기에 좋았다. 그녀에게 들었던 승일의 이미지는 성실하고 반듯한 모범생이었다.

"우리 반 아이들 안 떠들던가요, 힘들지 않았어요?"

승일에게 어떤 식으로든 감사의 인사를 해야 했다. 나중에 공개수업 평점을 높게 주는 방법도 있지만 우선은 다정한 말을 건네는 게 순서였다.

"아닙니다. 애들하고 친해질 수 있어서 좋았어요. 그 반은 원래 그렇게 말을 잘 듣나 보죠?

그는 긴 팔을 내저어가며 말했다. 트럭에 내 눈이 닿자 그는 겸연쩍은 듯 말했다.

"아, 저의 가게 일 때문에요. 결운리에 갖다줘야 할 물건이 있는데 학교 마치고 곧바로 가야 하거든요."

결운리는 학교에서 16km 정도 떨어진 곳이다. 엄마의 요양병원도 그곳에 있다. 시내의 가게에 들렀다가 가는 것보다 학교에서 바로 가면 시간을 단축시킬 수 있다. 그곳은 강을 건너는 다리가 생기기 전까지는 왕래하는 사람이 별로 없었다. 다리가 놓인 후로는 일부러 오지를 찾는 도시인들의 취향에 맞는 곳으로 바뀌어 갔다. 승일은 먼저 가보겠습니다, 라고 꾸벅 인사를 한 다음 트럭을 타고 학교를 빠져나갔다. 나는 경쾌하게 달아나는 그의 푸른 트럭을 한참 바라다보았다.

종례 시간에 3학년 2반 교실에 들어서자 땀 냄새가 훅 코를 찔렀다. 남학생 녀석들이 청소 시간에 축구시합을 했나 보다. 지친 표정의 아이들은 5교시 수업을 못한 경위를 설명해도 듣는 둥 마는 둥이었다. 나는 문득 승일이 무엇을 하며 시간을 보냈는지 궁금했다. 반장이 대답하길 승일이 첫사랑 얘기를 해주었다고 했다. 녀석들이 졸랐겠지. 한창 남의 연애에 관심이 많을 때다.

“선생님, 하승일 교생 말이에요. 젊은 사람이 참 싹싹하고 반듯한 것 같아요.”

퇴근시간에 나는 류 선생한테 승일에 대한 고마움의 표시를 그렇게 했다.

“그렇죠? 내가 담임을 맡았던 해에 그 애 아버지가 돌아가셨어요. 어머니 혼자 고생하는 걸 보고 자라서 그런지 속이 깊어요.”

승일의 집인 휴마트는 잡화도매를 겸하고 있었다. 대전 시내에는 대형 마트가 있지만 시 외곽 쪽이나 근처 다른 읍에서는 주로 중앙시장으로 물건을 하러 온다. 여기저기 거래처가 늘어나자 서울로 가 살던 승일의 형이 내려와 함께 가게를 운영하고 있다.

학교가 끝나고 집으로 돌아가는 길에 차가 계속 말썽을 부렸다. 점화 플러그에 문제가 있는지 한번에 시동이 걸리지 않고 몇 번을 반복해야 했다. 겨우 시동이 걸린 자동차는 달리면서도 계속 그르렁거렸다. 아카시아 꽃이 하나둘씩 피기 시작한 오월의 바람은 싱그러웠지만 나는 이걸 끌고 집에까지 갈 수 있을까에 온통 신경이 가 있었다. 아니나다를까. 학교를 벗어나 10여 분을 달리다 차는 멈춰버렸다. 게다가 라디에이터에 문제가 있는지 보닛에서 희미하게 연기가 솟아올랐다. 이삼 년 전에도 이런 일이 있어 견인차에 매달려 정비공장까지 간 적이 있었다. 그때는 남편이 득달같이 달려와주었는데……. 차가 갑자기 폭발하면 어쩌나 걱정이 되었다. 나는 얼른 차 밖으로 빠져나와 연기가 나지 않기를 기다렸다.

그 때, 파란 트럭 한대가 내 차 뒤에 와 섰다. 승일이었다.

"선생님, 무슨 일이세요. 차가 고장난 건가요?"

뒤쪽 짐칸은 비어 있었다. 그의 껑충한 키에 그림자가 만들어져 햇빛을 가려주었다. 그는 익숙한 동작으로 보닛을 열고 끓어 넘치던 증류수에 오일 막대기를 넣어 진정시켰다. 그리고는 도로에 어정쩡하게 서 있던 자동차를 갓길 한쪽으로 옮겨주었다.

"국도에서 이렇게 하고 있다가는 다른 큰 차들이 못 볼 수도 있어요."

얼마 전, 5톤 화물 트럭이 엔진 고장으로 서 있던 경승용차를 덮친 사고가 있었다고 그가 말했다. 그는 엔진룸을 이곳저곳 살펴보았다. 운전병이었다는 그는 라디에이터에 무리가 가기 때문에 차를 움직일 수 없다고 했다. 보험회사에 연락을 하고 견인차가 올 때까지 기다리기로 했다.

"하 선생님, 바쁘지 않아요? 나 혼자 기다리면 되니까 어서 집에 가보세요."

그가 자신의 트럭 문을 열어주며 안에서 기다리라고 했다. 승일은 콘솔박스에 있던 목캔디를 건네주었다. 승일의 옆에 앉아 나는 선배 교사티를 내며 이것저것 물었다.

"굳이 여기로 교생 실습을 신청한 이유가 있었나요? 모교라서 오고 싶었던 거예요?"

대전 시내에도 얼마든지 실습 나갈 학교는 있었다. 아니, 대부분의 사대생들은 그곳에서 실습을 하고 학점을 이수했다. 어떤 학생은 도의 경계를 넘어 서울 경기권에서 실습을 하고 발령지를 바꾸기도 했다. 승일 같은 경우는 드물었다.

"저는 이곳이 좋습니다. 어머니랑 형이 있는 여기로 오고 싶어요. 임용고사도 한번에 붙어야 하는데 말예요."

그는 나의 교직생활에 대해 물었고 앞으로 잘 해보고 싶다는 자신의 포부를 말했다. 그는 스물일곱 청년이었다. 많은 차들이 우리 곁을 쌩하고 달려갔고 오렌지빛 사양이 그의 얼굴에 비칠 때까지 견인차는 오지 않았다. 승일이 옆에 있어 줘서 좋기도 했고 부담스럽기도 했다. 그날 보험회사에서는 견인차를 보냈다고 했지만 해가 넘어가버렸는데도 견인차는 오지 않았다. 오지 않는 견인차를 마냥 기다리고 있을 수 없었다. 고장난 차를 국도변에 세워두고 나는 승일의 트럭을 타고 집으로 왔다. 돌아오는 길에 족제비인지 다람쥐인지 모를 녀석이 후다닥 트럭 앞을 지나쳐갔다. 내가 깜짝 놀라서 소리를 질렀더니 승일이 별 거 아니라며 나를 안심시켰다.

"선생님, 전 이 길을 하루에도 몇 번씩 지나다니는 걸요. 어떤 때는 멧돼지 같은 녀석이 사람을 놀라게 할 때도 있어요. 저런 조그만 것들은 바퀴 사이로 잘도 피해가니까 괜찮아요."

그런 일을 아주 사소한 것처럼 말하는 그의 옆모습을 바라보고 나는 가슴을 쓸어내렸다. 집 앞까지 데려다주겠다는 호의를 거절하고 중앙시장 입구에서 내렸다. 그는 멈추어 서서 내가 신호등을 건너 버스에 오르는 걸 보고 트럭을 움직였다. 그날 나는 그렇게 두 번이나 승일에게 도움을 받았다.

다음날 아침, 류 선생 얼굴이 어두웠다. 무슨 일이 있었던 것인지 조례시간 내내 안절부절못하는 모습이었다. 그녀의 손에 쥐고 있던 티슈가 바스러지고 있었다. 티슈를 뭉쳐서 배배 꼬아 잘게 부수는 것이 초조하거나 불안할 때 하는 그녀의 버릇이다. 티슈에서 풀풀 날리는 가루는 꼭 누군가의 입에 들어갈 것처럼 어지러워 보였다. 류 선생은 교장의 훈화가 계속되고 있는데도 멈추지 않았다. 나는 손을 뻗어 가만히 그녀의 행동을 제지했다.

"어제 저녁 우리 학교 학생이 교통사고로 사망한 사고가 났습니다. 더군다나 뺑소니차에 치여서 지금 목격자를 찾고 있대요. 참으로 애석한 일이 아닐 수 없습니다. 아이들 하교 뒤 생활이나 교통안전 등에 대해 철저히 지도해주시기 바랍니다."

오륜동 중앙시장 입구 건널목에서 사고를 당한 현수는 류 선생 반의 아이였다. 초등학교 5학년 때부터 조부모와 살고 있었는데 이혼한 현수 아버지가 아이를 자기 부모한테 맡기고 이삼 개월에 한번씩 들여다보기만 했다. 조례가 끝난 후, 류 선생은 병원으로 달려갔다.

류 선생은 전화를 걸어와 낮게 가라앉은 목소리로 자기 반 아이들을 부탁했다. 현수 할머니가 몸을 못 가눌 정도여서 다른 친척들이 올 때까지 당분간 그 자리를 지키고 있어야 한다고 했다.

"경찰에선 왔다갔대요? 아직 뺑소니 차는 못 찾았나요?"

내가 류 선생과 통화를 하고 있는 사이 교감이 한마디 건넸다. 그걸 물어보라는 것이었다. 전화선 너머에서 '아직……'이란 대답이 들렸다. 류 선생이 해야 할 수업은 승일과 다른 한 명의 사회과 교생이 맡아서 했다. 교육 실습을 목적으로 온 그들은 어차피 3주 정도면 모든 선생들 앞에서 공개수업을 해야 했다. 단지 한 주 정도 일찍 하게 된 셈이다. 교감 선생은 잘 할 수 있을 거라고 승일의 등을 두드려주었다. 그 전에도 승일이 이곳으로 교생 실습을 와준 것에 대해 칭찬을 아끼지 않았다. 승일의 실력과 생활태도를 신뢰하는 사범대 담당교수가 직접 전화를 주기도 했다.

승일이 내 옆자리에 와서 사회과 교재를 뽑아보고 있었다. 담임이었던 류 선생 자리에 앉는 것이 어색해서인지 어정쩡하게 서서 책을 넘겼다. 나는 그에게 앉아서 하라고 했다. 내게 목례를 하고 옆자리에 앉은 승일에게서 민트 향이 났다. 바람이 불어 그의 머리카락이 내게로 향할 때 더욱 짙었다. 결혼 후 처음에는 남편에게 민트 향이 나는 샴푸를 사주었다. 그가 머리를 감고 물기를 털 때, 그리고 청량하고 보송한 손길로 나를 만질 때 엄마의 간호에 지쳐가고 있었던 나는 얼마나 위안을 받았는지 모른다. 요즘 남편 머리에서는 모발에 좋다는 한방 샴푸 냄새가 진하게 난다. 승일이 첫 수업을 잘 할 수 있도록 교수 목표 작성이나 교과 내용 기록하는 법 등을 자세히 알려주었다. 현수의 사고로 교무실 안은 어수선했다.

사고가 난 골목과 시장 입구에는 뺑소니 차량을 찾는다는 현수막이 나붙었다. 사고 추정시간은 그 전날 밤이었다. 류 선생과 함께 현수가 안치되어 있는 병원에 갔다. 현수 아버지가 달려와 자신의 늙은 어머니를 몰아붙였다. 그러고 나서는 안치실에 나와 있던 경찰에게 당장 뺑소니 차를 찾아내라며 큰소리쳤다. 그에게서 아들을 방치했던 흔적은 찾아볼 수 없었다. 현수 장례식 때 운구차는 학교 운동장을 한 바퀴 돌았다. 아이들이 창문에 매달려 보닛 위의 검은 리본을 바라보았다. 늘 창밖을 바라보던 현수의 눈망울이 떠올랐다.

며칠 후 1교시 수업을 마치고 교무실에 들어서니 경찰 두 명이 와 있었다. 그 중 한 명은 남편의 고등학교 동창인 백 경위였다. 그의 어깨에 달린 계급장이 번쩍거렸다. 순경 출신으로 고속 승진한 그를 두고 남편은 무서운 놈이라고 했었다. 나는 가볍게 목례를 했다. 신혼 초 다른 친구들과 함께 집들이에 왔던 백은 그다지 좋은 인상이 아니었다. 내가 음식을 더 가지러간 사이 남편이 옛날에 사귀던 여자 이야기를 꺼내 분위기를 이상하게 만드는가 하면 사람을 뚫어지게 쳐다보아서 당혹스럽게 했다. 남편에게 그 얘기를 했더니 학교 다닐 때는 그러지 않았는데 백의 직업 때문에 생긴 버릇일 거라고 했다. 백이 알은체를 했다.

"경화 씨 오랜만입니다. 잘 지내죠?"

그냥 하는 인사겠지만 남편과 지지부진한 시간을 보내고 있는 나로서는 잘 지내느냐는 말이 반갑지 않았다. 그는 교감 선생과 함께 교무실 한쪽에 마련되어 있는 상담실로 옮겼다. 사고 때문에 왔겠지 싶으면서도 왠지 불안한 느낌을 지울 수가 없었다. 예감은 적중했다. 백과 또 다른 경찰은 사회과 공개 수업을 마치고 자리로 돌아오는 승일에게 조사할 것이 있다며 함께 가자고 했다. 승일의 의아스러운 표정, 교무실에 모여든 아이들의 수군대는 소리, 교감과 다른 선생들의 난감한 표정들 속에서 뭔가 잘못되어 가고 있구나, 라는 생각이 들었다.

사고 당시 목격자가 나타났다고 했다. 목격자는 현수를 치고 달아난 차가 파란 트럭이며 그것이 승일의 차라고 진술했다. 그 트럭이 현수가 고꾸라지는데도 본 체 만 체 내달렸다는 것이다. 승일은 그런 일이 없다고 항변했다. 목격자가 누구냐고 물었지만 백 경위는 알려줄 수 없다고 했다. 승일이 굳은 목소리로 트럭이 학교 운동장 뒤편에 주차되어 있으니 조사해보라고 했다.

"안 그래도 그 트럭이 학교에 있다고 해서 왔습니다. 함께 가시죠."

보통 사람들보다 머리 하나는 더 큰 백 경위는 승일을 내려다보며 말했다. 교감 선생이 서둘러 아이들을 교실로 돌려보내고 승일에게 차를 가지고 경찰서에 가서 조사받으라고 했다.

"교감 선생님, 제가 그런 짓을 했다고 생각하시는 건가요? 절대 아닙니다."

"아니, 그렇다기보다 학생들이 봐서 좋을 것도 없고 또 이렇게들 오셨는데 조사받아서 아니라고 밝혀지면 그게 더 명확한 거니……."

승일은 잘못한 일이 없으니 경찰서에 갈 일은 없다고 버텼다. 나는 승일의 편을 들 수도, 그렇다고 그에게 경찰서로 가라고 할 수도 없었다. 단지 지금 이런 사태가 벌어진 것에 대해 안타까운 마음이었다. 아이들은 수업 내내 뺑소니 운운하며 저희들끼리 수군거렸고 중간에 들러본 교무실 풍경도 다르지 않았다. 승일의 모습은 학교 어디에도 보이지 않았다.

경찰에서 승일은 사고를 낸 적이 없다고 했다. 그날 그 길을 지나가기는 했지만 사고가 났다면 조치를 취하지 그냥 뺑소니칠 만큼 파렴치한은 아니라고 했다. 그런데 경찰서에 가서 트럭을 조사해보니 공교롭게도 앞바퀴에 참새 날갯죽지만한 핏자국이 발견되었다. 백은 그것을 결정적인 증거물로 보고 승일을 구속하겠다고 했다. 뺑소니에다 피의자가 사망했으니 그것은 불가피한 일이었다.

승일은 목격자와 만나게 해달라고 했다. 경찰에서는 신변보호를 위해 밝힐 수가 없다고 승일의 요청을 묵살했다. 혈흔은 이미 마른 상태라 그것을 채취하기가 불가능해서 트럭 자체를 국과수로 보냈다. 모두가 꼼짝없이 기다려보는 수밖에 도리가 없는 일이었다. 승일의 트럭에 묻은 피가 현수의 것이 아니라 어쩌면 그날 나와 같이 집으로 올 때 로드킬 당한 동물의 것인지도 모른다. 현수를 건널목에서 치고 달아난 차가 승일의 트럭이 아닐 거라고 말해야 하는데, 선뜻 나설 수가 없었다. 내가 주말부부인 것은 교무실의 모든 선생들이 알고 있다. 그날 젊은 교생의 차를 타고 함께 갔다는 말을 하면 그 얘기는 교무실을 빠져나와 학교 담을 넘어 시어머니가 살고 있는 읍내로 접어들 것이다. 안 그래도 연지를 내주며 내 차림새를 훑어보는 시어머니에게 빌미를 줄 수는 없었다.

월요일 아침은 늘 우왕좌왕, 두서없이 바쁘다. 블라우스를 다리려고 보니 스팀 다리미의 콕이 빠져 있다. 임시방편으로 랩을 씌워놓았지만 열이 오르자 아무 소용이 없다. 얇은 비닐 사이로 뜨거운 물이 솟구쳐 올라 더 이상 다림질은 불가능했다. 더군다나 흘러넘친 뜨거운 물 때문에 다리던 블라우스는 앞섶이 다 젖어버렸다. 어디로 간 거지? 분명 물을 넣을 때 세면기 위에다 둔 것 같았는데……. 할 수 없다. 어제 입었던 원피스를 입으며 저녁에 돌아와 스팀 콕을 꼭 찾아야겠다고 생각했다. 다리미는 4년 전 결혼할 때 장만한 것이지만 자주 쓰지 않아 아직 새 것이나 마찬가지다. 다른 살림도구들도 그랬다. 그 물건들과 함께 나는 이곳에 갇혀버린 것 같다.

남편은 이번 주말에도 오지 않았다. 3주째다. 한두 번 있는 일이 아니라 별로 개의치 않는 내게 류 선생은 당신 남편 바람난 거 아냐? 한다. 모든 상황이 그럴 법도 했으나 나는 담담하다. 그의 여자 관계 이전에 나는 이미 그에게 실망했고 믿을 수가 없어졌다. 그것은 남편이 내게 먼저 한 말이다.

"도대체 당신은 뭐가 그렇게 잘났어. 장모 요양병원 문제만 해도 그렇지. 나한테 의논 정도는 해야 되는 거 아니었어?"

결혼 후 남편의 방송국이 있는 이곳 청주로 전근 신청을 냈다. 발령받은 학교는 시 외곽에 자리잡고 있었다. 아이들은 순박했고 선생들도 가족 같은 느낌이었다. 한 학년이 다섯 반밖에 없어 누가 누군지 금방 알 수 있는 곳, 나는 새로 옮긴 학교가 마음에 들었다. 조용히 살 수 있는 이곳은 엄마가 있을 만한 요양병원도 하나 있었다. 아버지가 부재한 집의 장녀인 나는 모든 일을 혼자서 해결해야 했다. 엄마는 예순도 되기 전에 쓰러졌다. 한자리에서 이십 년을 넘게 하던 엄마의 국밥집을 처분하고 엄마가 입원한 병원을 드나들었다. 남편에게 엄마의 상태를 보여주고 싶지 않았다. 병원을 알아보고 입원 수속을 하는 등 그 모든 일들을 나 혼자 했다.

그것 때문일까. 엄마를 청주로 모셔온 지 얼마 되지 않아 그는 오히려 서울로 올라가버렸다. 지방 방송국보다는 조금 더 잘 풀린 경우라고 할 수 있지만 나는 어쩐지 그가 내게서 도망친 것 같은 느낌을 지울 수가 없었다.

그가 대학 선배인 강 피디와 함께 차린 외주 제작실은 주로 휴먼 다큐를 만들었다. 힘들고 어려운 처지에 있는 사람들, 그들이 어떻게 살아가며, 다시 일어서는가를 시청자들에게 보여줘서 눈물을 쏙 빼게 만드는 것이 목적이었다. 나도 처음에는 그의 다큐를 보며 가슴이 뭉클했었다. 그러나 사막에서 부는 건조한 바람 같은 그를 보며 점점 감동도 없어지고 마음도 무뎌져갔다. 다큐 속 그들에게 연민을 느끼기보다 내 자신의 몸과 감정을 추스르기에 급급했다. 남편의 앵글 속에 내가 들어 있기를 기대해보지만 그는 다른 곳에 포커스를 맞춘다. 지금은 서로 아무렇지 않은 상태다. 그는 2주치 방송분을 끝내고 집으로 내려올 계획이 서면 문자로 통보해온다. 오늘 가, 옷이랑 준비해 둬. 다섯 마디의 문자가 파편처럼 가슴에 박힌다.

사라진 다리미의 스팀 콕을 찾아보았지만 여전히 보이지 않았다. 나는 귀신이 곡할 노릇이라고 중얼거리며 시어머니한테 다리미를 빌렸다. 그녀는 그냥 넘어가는 법 없이 나의 칠칠치 못함을 나무랐다. 그런 거 하나 제대로 간수하지 못하면서 무슨 살림을 하느냐는 것이다. 네가 버렸으니까 없지, 그게 다리가 달렸니, 하면서 기어이 잔소리를 해댄다. 스팀 콕 하나가 사람을 주눅들게 만드는군. 나는 연지를 안고 사층 계단을 내려오며 애가 뭘 제대로 못 먹어 꺼칠하니, 잠투정이 심하니 하는 말들을 곱씹었다. 지 애비는 어릴 때 안 그랬는데 누굴 닮아 그런지 모르겠다는 시어머니의 말은 몇 번을 들어도 면역이 생기지 않았다.

스팀 콕이 없는 다리미를 계속 쓸 수는 없다. 그렇다고 다림질 할 때마다 시어머니 눈치를 봐가며 빌리기는 더욱 싫다. 나는 잠금 콕 없는 다리미를 분리수거함에 내다버렸다. 그리고 시내 대형 마트에 가서 새 다리미를 사가지고 돌아왔다.

승일이 트럭과 함께 경찰서에 간 다음 날이다.

"송 선생님, 끝나고 나랑 같이 승일이한테 가보지 않을래요? 혼자 가려니 좀 그래서……."

그날 저녁 승일의 트럭을 타고 간 나는 중요한 참고인이 될 수 있다. 물론 중앙시장에서 내가 내리고 난 다음에 생긴 일이니 장담할 수는 없지만 나는 승일을 믿는다. 하지만 백의 눈빛이 걸린다. 그의 집요한 눈길. 담당자가 다른 사람이면 좋을 텐데…….

류 선생에게 남편이 내려오는 날이라고 둘러댔다. 수업 하는 내내 백 경위와 같이 교무실을 나가던 승일의 모습이 눈앞에 아른거렸다. 그가 나를 한번 돌아본 것도 같다. 그날 저녁 함께 오지 않았냐고, 경찰에 한마디만 해달라고 하는 것 같았다. 국도변에 서서 내 차의 보닛을 열던 그의 모습이 떠올랐다.

수업이 끝나고 류 선생과 함께 동부경찰서로 갔다. 남편이 찍은 다큐에 문제가 생겨 일정이 바뀌었다고 했다. 나는 늘 해명을 달고 산다. 류 선생은 알면서도 넘어가주는 듯했다. 승일은 경찰서 피의자 대기실에 있었다. 말쑥하게 차려입은 양복이 무색하게 그의 턱 언저리엔 거뭇거뭇 수염이 돋아 있다. 우리가 들어가자 그의 눈에 붉은 기가 돌았다. 그는 목격자라는 사람과 대면하고 싶은데 연결시켜주지 않는다며 마른 입술을 뜯었다. 나는 그에게 생수를 사다 건넸다.

백은 내가 경찰서에 들어설 때, 의아한 눈빛이더니 전화기를 붙들고 계속 통화 중이다. 그러면서도 눈길은 계속 이곳에다 주고 있다. 나는 그의 통화가 끝나기를 기다렸다.

"저, 백 경위님 드릴 말씀이……."

"경화 씨. 하승일을 만나러 오셨군요."

백은 별로 틈을 주지 않는 사람이다. 나는 승일의 사고를 목격한 사람에 대해 물었다. 그는 말해주기 곤란하다고 했다. 그러더니 경화 씨니까 말씀드리는데, 하며 생색을 냈다.

"실은 목격자가 그 학교 학생입니다. 하승일이 늘 트럭을 몰고 그 건널목을 지나다니는 걸 보았대요. 그래서 차 번호도 알고……. 운전자 인상착의도 같아요."

백은 승일의 트럭에 묻은 혈흔이 피해자 현수의 것이라고 단언했다. 감식 결과가 그렇게 나올 것이라면서. 나는 결운리 다녀오는 길에 묻은 고라니나 산짐승의 것일 수도 있지 않겠느냐고 물었다. 승일과 트럭을 타고 집으로 올 때 나를 놀라게 했던 작은 녀석들을 떠올리며.

"결운리요? 그걸 경화 씨가 어떻게 압니까? 하승일은 그런 얘기 전혀 안 하던데요."

그는 여전히 집요한 눈빛으로 내게 해명해볼 것을 기다리고 있다. 그가 남편의 동창이기 전에 공무를 맡은 사람이란 것을 믿어보기로 했다. 그날, 승일이 결운리에 물건을 배달하러 갔다는 것과, 그걸 알고 있는 사람은 많으며, 나 역시 엄마가 계신 요양병원에 다녀올 때 차에 그런

짐승들의 피가 묻어 있곤 했다는 말을 덧붙였다. 내 차가 고장나 그의 트럭을 함께 타고 왔다는 이야기는 뺐다. 그 얘기를 하지 않은 승일이 고맙다.

백에게 목격자의 이름을 알려달라고 했다.

"무슨 말씀을요. 그건 안 되죠. 목격자나 내부 고발자를 보호해야 하는 게 우리 임무입니다."

그는 말하면서 능글거렸다. 그가 왜 내게 그런 태도로 말하는지 불쾌했지만 내색할 수 없었다. 그는 국과수에서 감식 결과가 나올 때까지 기다리자고 했다.

새로 산 다리미는 전의 것보다 더욱 날렵하게 생겼다. 지난 번에 얼룩졌던 블라우스를 다시 헹궈 다렸다. 그렇지 않아도 바람 한 점 없이 후텁지근한데 다리미 열기 때문에 더 더웠다. 복도 쪽으로 난 창문을 여는 순간 누군가 후다닥 달려가는 소리가 났다. 나는 현관문을 열고 복도를 살폈다. 아무도 없었다. 나는 무서워서 창문을 꼭 걸어 잠그고 불을 껐다. 뭔지 모를 음험한 기운이 느껴져서 잠든 연지를 꼭 안았지만 진정이 되지 않았다.

그 순간 집 전화가 울렸다. 남편 목소리가 거칠었다.

"당신 오늘도 결운리 다녀왔어?"

나는 무슨 의미인가 생각하느라 선뜻 답을 못하고 있었다.

"거기, 눈들이 많아. 제대로 처신하고 다녀."

그가 하는 말이 무슨 뜻인지 생각하려다 백 경위 얼굴이 떠올랐다. 남편은 인원이 빠지는 바람에 촬영이 늦어졌다며 다음 주에 집으로 오겠다고 했다. 굳이 이유를 대는 남편이 낯설다. 이번에 오면 뭔가 얘기를 하고 싶다. 이대로 데면데면하게 사는 것은 시간을 죽이는 일이다. 스팀 콕 없는 다리미처럼 아무 쓸모가 없는 관계. 그와 나는 너무 멀리 와버렸다. 잠금 콕 없는 다리미 본체를 내다버리듯 나는 이곳을 통째로 정리하고 싶어졌다. 어쩌면 남편이 나보다도 더 먼저 정리하고 싶을지도 모르겠다.

트럭을 국과수로 보낸 후 경찰서에서 나온 승일은 학교로 돌아왔다. 교육 실습 과정을 계속하고 싶다고 했다. 올해 학점을 받지 못하면 내년 한 학기를 더 다녀야 하는데 그로서는 난감한 일이다. 하지만 학교 측에서는 곤란하다는 입장이었다. 국과수에서 결과가 나오기까지 기다려야 한다고 경찰에서 통보해왔기 때문이다. 아이들이 우르르 몰려와 교무실 주변을 빙 둘러쌌다. 그들 중 어떤 아이가 목격자인지 알 수가 없다. 신변보호 때문에 누군지 알려줄 수 없다고 백이 말했었지. 승일의 모습이 초췌했다. 며칠 전만 해도 초록이 넘실대는 국도변에 구세주처럼 서 있었던 그다. 막 해넘이를 시작한 오렌지빛 햇살이 그의 얼굴에 반사되어 눈이 부셨는데…….

그를 따르던 아이들 태도가 완전히 달라졌다. '표현과 발상' 시간에 어떤 아이가 승일에 대한 글을 써냈다. 제목이 '위선'이었다. 좋은 선생님이라고 생각한 승일에 대한 실망감을 담은 내용이었다. 겉으로 봐서는 모르는 게 사람이라는 표현을 사족으로 달았다.

교감은 승일의 사범대 교수와 의논해보겠다고 했다. 승일은 고개를 저었다. 사실, 아직 아무것도 밝혀진 게 없는데 대학 측에 알리는 것은 안 될 말이다. 오후에 긴급 교직원 회의가 열렸다. 교무주임은 이곳이 시 외곽의 조용한 곳이어서 그렇지 다른 학교 같았으면 학부모들이 들고 일어났을 것이라고 했다. 당연히 승일의 교생 실습을 중단하는 것이 맞다는 것이다. 류 선생 혼자 아직 정확한 사실이 아닌데 그를 뺑소니 범인으로 몰아가서는 안 된다고 소리를 높였다. 나는 교감에게 백 경위에게 했던 얘기를 해주고 싶었지만 하지 못했다. 승일의 트럭을 함께 타고 왔다는 말도.

승일은 실습을 중단하고 다니던 사범대학에 휴학계를 냈다.

"선생님. 저는 정말 그런 일이 없었어요. 송경화 선생님도 아시잖아요. 제가 그날……."

승일은 더 이상 말을 하지 않았다.

승일에게는 군대 가기 전부터 사귄 여자 친구가 있었다. 그녀는 승일을 믿는다고 했지만 친구들에게 승일에 대한 미심쩍은 기색을 내비쳤다. 그녀들 중 누군가가 승일에게 말을 전했다. 중앙시장 근처 사람들은 그가 지나가면 뒤에서 수군댔다. 승일의 형과 형수도 어머니에게 혹시, 라고 하다 승일이 들어오는 걸 보고는 입을 다물어버렸다. 그 후 승일은 휴마트에도 나타나지 않았다.

류 선생이 국과수 결과가 나오면 모든 게 제자리로 돌아갈 수 있을 거라고 했지만 승일에게 위로가 되지 못할 것을 안다. 운동장 가에 있는 버즘나무에서 희끗희끗한 껍질이 떨어졌다. 승일이 돌아오면 류 선생처럼 그의 등을 감싸주고 민트 향 나는 머리카락에 손가락을 넣어 쓰다듬고 싶다.

사라진 승일을 찾아내려고 백 경위는 연일 휴마트에 들렀다. 그의 모습은 학교 근처나 우리 동네 입구 슈퍼에도 보였다. 동네 슈퍼 앞 평상에는 그늘을 찾아 쉬고 있는 노인과 여자들이 여럿이었다.

"선생님, 휴마트 그 교생이 없어졌다면서요? 그러면 어쩐대. 경찰에선 뭘 하고 있는 거야."

아정미용실 미스 김이었다. 그녀는 말끝을 잘라먹고 있었다. 미용실을 다른 곳으로 바꿔야겠다고 생각했다.

"그 차가 맞다고 목격자두 나왔담서, 선상님은 학교에 있응께 알 거 아닌감?"

야쿠르트를 쭉쭉 빨고 있던 노인이 거들었다.

"아직, 결과가 나온 게 아니라서……. 하 선생이 나오지 않아 저도 잘 모릅니다."

나는 분유와 기저귀가 든 쇼핑 비닐을 차에 싣고, 그 자리를 빠져나왔다. 사람들은 서너 명만 모이면 그 일에 대해 이야기했다.

국과수 결과는 접수한 지 사십여 일이 지나서 나왔다. 참새 날갯죽지만한 혈흔 감식에 무슨 시간이 그렇게 걸리는지……. 경찰에서 학교로 연락이 왔다. 승일의 트럭에서 채취한 혈흔은 현수의 것이 아니었다. 짐승 핏자국도 아니었다. 그날, 승일이 결운리에 다녀올 때, 요양병원의 차가 흘린 의료용 쓰레기에서 묻은 피였다. 소각시설이 없는 요양병원에서 시설을 갖추지 않은 청소차로 피가 묻은 쓰레기들을 실어 나르게 했다. 교감과 류 선생이 승일의 집을 찾아갔지만 그는 없었다. 승일의 어머니는 아들에게서 아무런 연락이 없다고 했다. 내가 죽일 년이

지. 나도 승일이가 혹시……. 그렇게 의심했으니. 입이 열 개라도 할 말이 없는 걸. 그의 어머니가 가슴을 쳤다.

모두가 하나같이 승일이 뺑소니 차의 범인이라고 믿어버린 건 아닌지, 나 역시 그가 사라진 것에 대해 완전히 자유로울 수는 없다. 그의 차를 목격했다고 말한 아이는 우리 학교 학생이 아니었다. 처음 목격자는 중앙시장 근처에서 옷수선을 하는 여자였다. 재봉틀에 고개를 박고 있던 그녀가 어쩌다 고개를 들었을 때 파란 트럭이 사고를 내는 걸 보았고 승일이 거길 자주 지나다니니 그일 것이라고 생각했다. 거기에 현수막을 보고 짐작으로 제보를 한 노인들도 있었다. 골목을 지나다니는 파란 트럭이 모두 승일의 것이라고 생각했을까.

백 경위는 그걸 알고 있었다. 그런데 승일의 트럭 바퀴에 피가 묻어 있었으니 쾌재를 부르며 그를 몰아붙였던 것이다. 그가 또 누군가를 승일처럼 피의자로 만들었을지 모를 일이다.

잃어버렸던 다리미 콕은 거실 한쪽 화분 받침대에 놓여 있었다. 거기다 올려놓고 왜 끊임없이 세면기 위에다 놓았다고 생각했는지. 세면기 위에다 놓아야 한다는 생각에 갇혀서 다른 경우는 떠올리지도 않은 것이다. 스팀 콕은 청소기를 밀다 화분 받침대를 살짝 돌려놓아 더욱 눈에 띄지 않았다. 폐기처분한 본체를 찾아보려고 분리수거함을 뒤졌지만 없었다. 좀 더 찾아볼 걸. 아니, 다리미를 그냥 좀 놔두고 있었더라면 좋았을 걸. 이제는 정말 쓸모없게 돼버린 스팀 콕을 나는 한참 동안 들여다보았다. 참으로 사소한 것이 모든 걸 폐기처분하게 만드는 일이 내 주위에서 일어나고 있었다. 승일은 어디로 간 것일까.

결운리 요양병원에서 다급한 연락이 왔다. 엄마가 밤에 숨이 넘어갈 듯 기침을 하고 피를 쏟아냈다는 것이다. 위급한 상황이 발생할지도 모르니 보호자가 있어야겠다는 병원 사무장의 전화를 받고 나는 동생 부부에게도 연락을 했다. 여름이 깊어져 숲속에서는 매미가 그악스럽게 울고 있었다. 요양병원의 서늘한 병실에서 혼수상태에 빠진 엄마가 깨어나길 기다렸다. 장례 절차를 밟아야 하지 않겠냐는 사무장은 차라리 사무적이어서 괜찮지만 혼수상태가 길어지는 엄마 앞에서 그만 놓아버리자고 하는 동생에게는 화가 났다. 그럴 수는 없었다. 엄마를 수발하는 일이 고단하고 짐스러울 때도 있었지만 쉽게 체념해버리면 안 될 것 같았다. 동생 부부를 서울로 올려보냈다. 잠금 콕 하나가 없다고 경솔하게 또 내다버릴 수는 없다. 사무장의 말은 극단의 것이었다. 이틀이 지나서 엄마는 나들이 갔다 돌아온 사람처럼 흔연히 깨어났다. 더욱 천진해진 모습으로 내가 떠넣어주는 죽을 맛있게 먹는 엄마 곁에서 더욱 높아진 매미 소리를 들었다. 이 소리가 잦아들기 시작하면 사라진 승일이 돌아올까.

집으로 가는 길, 국도를 달리는 푸른 트럭들이 내 곁을 쌩하고 지나간다.

침묵과 발화, 고통과 연대

— 소리를 품은 강

김나정/ 소설가, 문학평론가

물소리가 강으로 흘러든다. 계곡을 굽이쳐온, 땅 밑에서 숨죽이던, 아이들이 자맥질하던 물줄기도 품어 안는다. 갖은 물소리는 강 속에서 하나로 나지막해진다.

오은희의 소설집은 강물 같다. 단편들은 각각의 물줄기로 흐르지만 서로 소리를 주고받는다. 한 사람의 작가가 쓴 작품은 닮게 마련이란 의미가 아니다. 작품들은 대화를 나눈다. 어떤 작품에서 풀어내지 못한 고민을 다른 작품이 받아안고, 막힌 말문을 다른 작품에서 틔우는 식으로 잇대어 나간다. 햇빛을 받은 강은 갖가지 빛살을 튕겨낸다. 어떤 작품에서 귀퉁이에 있던 인물이 다른 단편에서 전면에 부각된다. 이를테면 집을 나가서 끝끝내 발견되지 않았던 아버지는, 다른 작품에서는 삶의 의미로 각인된다. 하나의 소재에 대해서도 단편마다 다른 해석을 내리기도 한다. '침묵'은 때론 비겁함의 증거이며 동의와 연대의 고리다. '과거'는 짐이지만 힘이 되어주기도 한다. 인물들은 자신이 끌어안은 고통을 다각도로 살핀다. 목소리들을 품고 강이 흘러간다.

고통의 뿌리

소설 속의 인물들은 고통에 사로잡혀 있다. 고립감이나 불안, 죄책감 등에 짓눌린다. 이런 고통은 정체가 불분명하기에 더욱 짐스럽다. 가슴 속엔 무언가 미적지근하고 끈적거리는 것이 뭉쳐 있다. 무거운 감정을 끌어안고 늪에 가라앉아가는 삶이 그려진다. 이것의 이름은 무엇인가? 도대체 어디서 비롯된 것일까?

먹먹하고 캄캄하다. 빛, 소리, 사람이 절실하다. 하여 인물들은 몸부림친다. 고통의 뿌리를 더듬고 목소리를 내려 애쓰며 타인에게 손을 뻗는다. 고통에서 벗어나려는 사람은 먼저 그 원인이 무엇인지를 밝히려 한다. 과거는 집요하게 현재에까지 영향을 미치는 탓이다. 치유는 자신이 병들었음을 인정하고 진단에 따른 처방을 받는 데서 시작되기 때문이다.

> 외상 후 스트레스성 무대공포증을 극복하려면 먼저 그러한 일이 있었던 과거로 되돌아가 상황을 명확한 기억으로 인식함이 첫 번째이다. 감정을 외면하거나 막연히 느끼지 말고, 정면으로 돌파하는 것이 핵심이다.
>
> —「눈 위, 돋을새김」 중

고통의 원인을 찾고자 하는 사람은 시간을 거슬러 올라간다. 「아버지의 섬에서 길 찾기를 종료하다」에서 '나'는 사라진 아버지를 찾아 섬으로 간다. 아버지가 종적을 감췄건만 '나'를 제외한 가족들은 별반 관심이 없다. 가족들에게 가출이 잦고 무능력한 아버지는 존재감 없는 늙은이 정도로 취급된다. 하지만 '나'는 아버지를 행방불명인 채로 놓아둘 수 없다. 남편이나 시댁과 갈등하고 세 번의 유산을 한 '나'는 아버지가 남 같지 않다. "깍지벌레는 리기다소나무나 외래 수목들에는 나타나지 않는다며 건강하지 못한 나무가 해풍에도 견디지 못하고 벌레들에게도 상처받는다고 했다." 건강하지 못해 해충의 공격을 받는 나무와 병들어 헤매는 아버지, 유산과 가족과의 삐걱거림으로 고통받는 나는 한통속이다. 하여 아버지를 찾는 길은, 자신을 발견해가는 길과 겹쳐진다. 아버지의 과거를 되짚는 길은, 나의 과거를 들여다보고 현재의 위치를 가늠케 하는 시간을 선사한다. 작가의 다른 작품에도 이렇게 숨을 고르며 과거와 자신을 되짚는 인물이 종종 등장한다. 소설을 쓰고 읽는다는 것은 본래, 흘러가는 시간 속에 틈새를 내는 일이다.

추적의 말미에서 '나'는 아버지를 괴롭혔던 과거의 사건과 마주하게 된다. "아버지는 예전에 색약 때문에 신호등을 잘못 봐서 함께 길을 건너던 소녀가 두 다리를 못 쓰게 되는 사고를 당하게 만들었다." 그 사고로 인해 아버지는 자신이 다치게 만든 소녀에게 묶이게 된다. 그 죄책감에서 벗어나기 위해 아버지는 원양어선을 타고 바다로 달아났고, "그녀가 애가 둘이나 있는 홀아비를 따라 가덕도로 시집을 왔을 때 아버지는 지리산으로 숨어버렸다. 서울로 가서도 마찬가지였다. 그녀에게로 뻗은 더듬이는 아무리 끊어버리려고 해도 끊을 수가 없었다." 아버지는 과거에 일어난 일로 짊어진 부채의식을 평생토록 벗질 못했다.

과거는 집요하다. 현재는 그 과거에서 뻗어난 가지와 잎에 불과하다. 누군가를 상처 입히고 그 상처를 떠안고 괴로워하는 아버지의 진실을 마주 본다. 아버지를 찾지 못하지만 '나'는 아버지의 헤맴이 어디서 비롯되었는지 알게 된다. "서영 씨 아버님이 여기 계시지 않는다는 걸 말씀드릴 수 있었어요. 근데 어쩐지 본인이 아버지의 부재를 확인하는 게 나을 듯해서 말입니다." 사라진 아버지를 찾으며 그를 이해하고 자신을 바라보는 화자의 모색은 부재를 통해 존재를 확인하는 과정을 담아낸다.

침묵과 발화

오은희 소설에서 고통의 원인으로 자주 지목되는 것은 '침묵'이다. 「목격자를 찾습니다」에서 화자는 해야 할 말을 하지 못한다. 자신이 진술을 하면 뺑소니범으로 몰린 승일이 혐의를 벗게 될지 모른다. 사고가 난 날, 교생 승일이 고장난 차로 난감해하던 자신을 트럭에 태워줬다고 말이다. 승일의 트럭에 묻은 혈흔은 로드킬을 당한 동물의 피일지도 모른다. 하지만 '나'는 침묵한다. 주말 부부인 '나'가 젊은 교생의 차를 타고 함께 갔다는 말을 하면 소문이 퍼져 오해를 살까 우려해서다. 외부의 시선, 구설수에 휘말리고 싶지 않다는 생각이 말문을 막는다. 하지만 경찰에게 끌려가며 자신에게 던진 승일의 시선이 자꾸 마음에 걸린다. 경찰 친구의 말을 전해들은 남편은 "거기, 눈들이 많아. 제대로 처신하고 다녀" 하고 충고한다.

죄책감에 시달리며 화자는 침묵과 발화 사이를 오간다. 살인혐의와 남편과의 관계 유지가 같은 무게를 갖는가. 이런 상황에 처하자, '나'는 비로소 남편과의 관계가 그만큼의 희생을 치르며 유지할 가치가 있는지를 따지게 된다. 이는 콕이 사라져 쓸모 없는 스팀다리미에 빗대진다. "(남편과) 이대로 데면데면하게 사는 것은 시간을 죽이는 일이다. 스팀 콕 없는 다리미처럼 아무 쓸모가 없는 관계. 잠금 콕 없는 다리미 본체를 내다버리듯 나는 이곳을 통째로 정리하고 싶어졌다."

다행히 혐의를 벗게 되었지만 승일은 모습을 감추었다. 자신의 침묵이 누군가에게 피해를 주었다는 걸 알게 된다. 비열함과 망설임이 피해자를 낳은 셈이다. "참으로 사소한 것이 모든 걸 폐기처분하게 만드는 일이 내 주위에서 일어나고 있다." 침묵으로 한 사람이 사라졌다. 침묵을 깼다면, 비겁함을 넘어섰더라면 막을 수 있었다.

「딸꾹질」의 여자는 층간소음이 문제가 되는 아파트에서 혼자 산다. 산과 숲이 좋아 이사했지만 밤이면 이상한 소리가 들린다. 소음은 정체가 분명치 않기에 사람을 괴롭힌다. 인간의 말은 자음과 모음으로 분절되며 뜻을 가지는 반면, 소음은 뭉쳐진 소리로 의미를 알 수가 없다. 분명하지 않기에 듣는 사람의 마음에 따라 달리 들린다.

현재뿐만 아니라 과거에도 여자는 불분명한 소리 때문에 고통을 받았다. 여자는 방에서 들려오는 소리로 남편과 윤희가 불륜을 저지른다고 짐작했다. 남편은 여자의 과민한 반응이 만들어낸 환청이라고 몰아붙였지만 여자는 대금 연주자인 자신이 '소리'에서만큼은 실수를 하지 않는다며 맞섰다. 두 사람은 이혼을 하고 남편은 교수자리에서 밀려난다. 여자로부터 경멸에 찬 눈빛을 온몸으로 받은 윤희는 일주일 뒤 자신의 오피스텔에서 스카프로 목을 맸다. 소리로 인한 파국의 여파로 여자는 대금 연주를 하지 못하게 된다.

여자는 그때 들었던 '소리'의 정체에 대해 곱씹는다. 스승이 했던 "사람은 자기가 아는 게 다라고 생각하지. 그렇지 않단다. 모르는 것도, 혹은 잘못 알고 있는 것도 허다하지"라는 말이 마음에 걸린다. 현재의 소리와 과거의 소리에 시달리는 여자는 자기 소리도 내지 못한다. 여자는 아파트에서 들리던 소음이 윗집의 여자가 금속 공예를 할 때 내던 소리임을 알게 된다. "소리의 진원지와 내용을 알게 된 것만으로도 그녀의 머릿속에 자리 잡았던 두려움이 사라졌다."

아파트에서 들리는 소리의 정체를 알고 나서, 여자는 자신이 집요하게 매달렸던 소리의 정체 찾기가 부질없음을 깨닫는다. "남편과 윤희. 이제 와서 무엇이 알고 싶은가. 확인하지 않았던 진실을 알게 된다고 다시 그 시간으로 돌아갈 수 있는 건 아니다. 윤희 역시 돌아오지 않는다." 이미 벌어진 일은 바뀌지 않기에 마음은 가라앉지 않고 그녀는 소리를 되찾지 못한다. 마음의 고통과 소리는 긴밀히 연결되어 있다. 침묵은 고통이다.

반면 「눈 위, 돋을새김」은 과거에 사로잡힌 인물이 '말문'을 트는 과정을 담아낸다. 공보과 공무원인 '나'는 사회를 떠맡고 난 뒤 무대공포증을 극복하기 위해 스피치 학원에 다닌다. 스피치 테라피 과정에서 자신의 무대공포증이 고등학교 때 겪은 일에서 비롯되었음을 깨닫게 된다.

고교시절 조회 시간에, 담임 강인자는 '나'에게 연설을 하라고 했다. 미리 언질을 받지 못했던 나는 아이들 앞에서 말문이 막힌다. 담임은 자신은 분명히 발표를 준비하라고 했다며 발뺌을 한다. '나'는 무책임한 학생으로 낙인찍히고 마음은 점점 움츠러든다. 무대공포증이 생기고 '소심하고 매사에 자신감 없음'이란 낙인이 찍혔다. 하지만 당시에는 그것에 대해 말하지 못했다. 하지 못한 말은 가슴에 뭉쳐 있다.

'나'의 엄마도 과거에 얽매여 있다. 열 살 때쯤 폭설 때문에 고립된 적이 있던 엄마는 배고픔과 추위에 포한이 맺혔다. 먹을거리를 구하려고 얼음구멍을 뚫던 외할아버지가 강물에 빠져 죽은 기억을 벗어내기 힘들다. 그 탓에 눈이 내리면 엄마는 두 달 정도 먹을 수 있는 비상식량을 사 모은다. 고립과 추위의 기억은 집요하게 엄마를 사로잡고 있다. 이는 추운 겨울 조회대에 홀로 서 있던 '나'의 모습과 겹쳐진다.

스피치 학원의 조 원장은 무대공포증을 극복하기 위한 "대면하고 싶지 않은 상황을 견뎌야 하며 도망가지 않고 맞서야 하는 정면 돌파 방법들"을 제시한다. 선뜻 받아들이지 못한 '나'를 변화시킨 것은 강인자의 망각이다. 어른이 되어 다시 만난 담임은 자신을 전혀 기억하지 못한다. 억울하다. 상처를 준 사람은 망각의 숲을 지나갔다. "내 시간만 멈춰져 있었던 거야?" 게다가 강인자가 박물관 입찰하면서 비리를 저지른다는 걸 알게 된다. 담임은 변한 것이 없다. 뻔뻔한 망각은 그녀의 힘이었다. 「아버지의 섬에서 길 찾기를 종료하다」의 아버지가 과거의 상처를 껴안고 고통을 받으며 현실에 정착하지 못했다. 더 이상 입을 다물어선 안 된다. "이번에는 가만히 있지 않고 내가 하고 싶은 얘기를 하겠"다. 모교로 찾아가 조회대에 오른 '나'는 소리를 지른다.

"비겁해요! 선생님은 비겁했어! 어떻게 학생한테 뒤집어씌울 수 있어요? 한번도 아니고, 게다가 없는 소문까지 만들어내면서……. 지금도 그래요. 가짜 입찰 서류를 만들었다구요. 이거 보세요. 17억이나 챙겨먹으려고 해요." 과거의 고통은 '목소리'가 되어 풀려나간다. 그때처럼 눈이 내린다. 갇혀 있던 말들이 눈발이 되어 날린다. 침묵은 깨진다. '나'의 시간이 움직이기 시작한다.

고통과 연대

고통받는 사람은 고통스런 사람을 알아본다. 외로움은 외로움에게 말을 건다. 때론 침묵이 때론 말이 징검돌이 된다. 「귀족세탁소」에는 친구 할머니의 병원비를 마련하기 위해 세탁소에서 명품 코트를 훔치는 청소년들이 등장한다. '나'는 어쩌다 이런 허무맹랑한 범죄에 가담하게 되었을까. '나'는 말을 잃었더랬다. "엄마가 나를 브롱스 홈스테이에 처박아둔 일 년 내내 나는 혼자였고 침묵 속에 살았다." 한국에 돌아와서도 마음 붙일 데가 없었다. 그러던 중 수학여행을 가지 못하는 아이들끼리 모인 교실에서 강희와 가까워진다. 엄마에게 받은 수학 여행비를 함께 탕진하고 강희의 반지하방에 함께 누워 있을 때 행복했다.

밀려난 아이들은 서로의 곁을 지켜준다. 하여 '나'는 담임이 강희에게 던지는 막말에 침묵하지 않는다. "우리 반 무료 급식 대상자들 다 일어나! 아니, 니놈들은 성적이 뭐 이따위야. 밥 먹어줬으면 값을 해야지.

반 평균 깎아먹는 니들 때문에 세금을 얼마나 많이 내는지 알아?"라는 담임의 말에 이를 악물고 버티는 강희를 보고 "아이씨, 참 여긴 개새끼들만 있나"라고 외친다. 돼먹지 않는 말에 '말'로 맞서준다.

강희와 더불어 '나'는 혁수와도 친하게 지낸다. 겉으론 모범생인 혁수는 새어머니와 아버지의 관계로 고통받는다. "혼자 남겨져 견뎌내던 것들이 많았다"는 공통분모가 둘을 묶어준다. 외로운 아이들은 서로를 지탱해준다. 강희의 할머니가 교통사고를 당하자 혁수는 세탁소 범죄사건을 기획한다.

세탁소 절도 사건이 발각되고 공범이 누구냐는 질문에 나는 입을 다문다. "머리 좋은 이 녀석, 제가 빠져나갈 구멍은 미리 다 만들어놨던 거였어. 물론 나는 말하지 않을 것이다. 함구해야 오래오래 혁수와 모의할 수 있다는 걸 난 알고 있다." 침묵으로 유지되는 관계도 있다. 공모라도 상관없다. 남들은 범죄라고 하지만 친구의 할머니를 살리기 위한 방법이었다. 침묵이든 말이든 중요한 건 '마음' 뿐일 데다. 침묵이든 발화든 연결될 수 있다면 그걸로 족하다.

「말남의 방」에서 '나'는 친구 말남이를 잃었다. 장례식에 가면서 떠올리는 말남이는 '방'으로 기억된다. "말남의 방에서 잠을 자면 어서 일어나야 하는데, 라는 마음이 들지 않았다. 나는 그녀에게 갈 때마다 햇빛이 끓어 넘쳐 커튼 사이를 비집고 들어올 때까지 아주 달고 긴 잠을 자곤 했다." 그 방처럼 말남이는 아낌없이 자신을 내주었다. '나'는 힘들 때면 늘 말남이의 방에 숨어들었다. 아이를 지우고 오갈 데 없을 때도 말남이의 방으로 갔다. "늘 말남의 방에 오고 싶었다. 힘들고 지칠 때면 늘어져 쉬고 싶었던 그곳, 두꺼운 커튼이 쳐져서 햇빛도 적당히 가려주고 세상과 나를 단절시켜주는 그 방. 말남이의 간호로 다시 힘을 얻어 나가곤 했던 그 방에 이제는 가볼 수가 없다."

이제 말남이의 방도 사라진다. '나'에게는 여전히 숨쉴 구멍이 절실한데. 가족들은 '나'에게 기대기만 한다. 첫째 아이 의섭이는 발달장애라서 열다섯이 되도록 한번도 떼놓은 적이 없다. 집에 있을 때 떼를 쓰거나 하진 않지만 슬그머니 없어지기 때문이다. 동생 의겸이는 형을 감싸는 엄마에게 더 매달린다. 남편은 방관자에 머무른다. 친구의 죽음을 슬퍼하는 엄마에게 둘째는 캐나다로 이민 가는 친구 송별회에 가야 한다고, 그냥 문을 잠그고 가면 안 되겠냐고 칭얼거린다. '앞으로 못 보기는. 살아 있으면 다 만날 수 있어. 엄마 친구는 죽어서 이제 보고 싶어도 못 봐.' 온전히 슬퍼할 겨를도 주지 않는다. 단 하나의 방, 숨쉴 구멍을 뺏겼다는 설움을 누구도 이해하지 못한다. 말남이를 잃음으로써 기댈 데도 숨을 데도 없어졌다. 하지만 이런 슬픔도 부끄럽다.

> 내게도 늘 뭘 주기만 하던 그녀였다. 옆자리를 내주고, 따뜻한 밥을 해주고, 내 지친 몸을 쉬게 해준 말남이가 남편을 만날 무렵에 나는 그녀에게 신경을 쓰지 못하고 있었다. (…) 지금도 나는 말남이에 대한 추모보다 내가 돌아가 쉴 방이 없어져버린 서러움에 가슴이 아프고 눈물이 나는 것이다. 내 친구의 죽음보다 살아서 견뎌야 하는 내 자신을 위무하기에 급급하다. 죽음까지도 죽은 자의 몫이 아니라 살아남은 자의 몫이라는 말이 떠올랐다.
>
> —「말남의 방」 중에서

지친 몸을 이끌고 햇살 좋은 방이란 숙박업소에 들어간다. 벽에 걸린 시화에서 위안을 얻고자 한다. 가만히 누우니, 자신의 죽음 이후가 자연스레 떠오른다. "의섭이는 엄마가 죽어 수령한 보험금으로 얼마 동안 먹고 살 수 있을까. 의겸이는 내가 없다면 형을 잘 보살필 수 있을까. 남편은… 남편은, 인내심이 없는 사람이라 견디지 못할 게 뻔하다." 죽음 뒤도 아득하다. 팍팍한 삶은 잠시의 휴식도 허락하지 않는다. 잠에 빠져드는 순간 남편에게서 의섭이가 사라졌다는 전화가 걸려온다. "이 세상 어느 곳에도 말남이의 방처럼 안온한 곳은 없다." '나'는 햇살이 가득한 방에서 빠져나가 서울로 올라간다. 이제 내가 '말남이' 같은 존재가 되어버린 셈이다.

말남이의 방처럼, 자신을 온전히 내주는 어떤 존재가 필요하다. 「교집합을 닮은」에서 출산을 앞둔 '나'는 산후조리가 마땅치 않다. 조리원 비용을 낼 여유도 없다. 어머니가 돌아가신 뒤 재혼한 아버지는 사고로 죽었다. 새엄마를 대신하여 '나'를 맡은 이모는 보상금과 아버지의 재산만 챙기고 방치하다시피 했다. 사는 것이 내내 힘들었다. 남편에게 마음을 연 것은 그에게 "한 날 한 시에 세상을 떠난 부모, 요양시설에 맡겨둔 동생"이 있다는 말을 들어서였다.

두 사람은 상처로 묶였고 함께 살다가 아이가 생겼다. 배는 불러가지만 몸을 맡길 데는 어디에도 없다. '일하는 여성의 집'의 도움으로 산후도우미를 구했지만 궁색한 집안을 둘러보던 여자는 "새댁은 친정엄마가 없는가 보네. 산구완해줄 사람이 전혀 없어요?"라며 가버렸다. 다시금 자신이 얼마나 외로운 처지임을 절감하게 된다. 그런 궁지에 몰리자 비로소 묻어뒀던 사람의 얼굴이 떠오른다. 한때는 '나'의 피아노 선생이었고 아버지와 재혼했던 새엄마. 아버지가 죽었으니 이제 남남이라며 이모는 '나'를 새엄마에게서 떼어냈었다.

하지만 절박한 처지에 몰리자 다시 그녀의 손길이 그립다. 그녀는 다시 곁을 내줄지 모른다, 그때처럼. 이모 집에서 겉돌던 열일곱 살의 '나'에게 미경이란 친구가 말을 걸어왔더랬다. "너를 보고 있으면 꼭 길을 가다 넘어질 것처럼 위태위태해 보여. 잡아줘야 할 것 같아"라고 말해준 미경과 붙어 다닌다. 하지만 미경과 어울리던 남자 아이에게 강간을 당한다. 그 절박한 순간에 '나'는 혼자였다. 미경은 자기 남자 친구와 함께 나가버렸던 것이다.

임신을 한 '나'는 아버지 무덤을 찾아갔다가 새엄마와 재회했다. "그녀는 내 몸의 상태를 추궁하지 않은 채 눈물만 흘렸다. 나는 그녀 앞에서 소리내어 울었다. 나쁜 짓을 했다는 부끄러움보다 이제 혼자 두려워하지 않아도 된다는 안도감에서였을 것이다." 이제야 비로소 자신이 그녀에게 실망감과 고통을 안겨줬을지도 모른다는 생각이 들었다. "실망을 줬을 텐데 내 몸 추스르기에 급급했을 뿐 그녀의 심중은 헤아리지 못했다."

하지만 아이를 보내고 그녀가 끓여주던 미역국 냄새가 자꾸 떠오른다. 곡진하게 보살펴주던 손길이 기억난다. 눈이 내리는 날, '나'는 새엄마가 있는 청주로 가는 버스에 올라탄다.

새엄마의 집 마당에서 작은 여자아이가 놀고 있다. 새엄마는 그때처럼 살갑게 맞아준다. 그리고 새엄마가 '나'가 낳은 아이를 거둬서 자기

자식으로 키우고 있었던 걸 알게 된다. "나는 아이의 젖은 머리를 안아주었다. 아이가 나를 닮았다고 생각했다. 아니, 새엄마와 닮아 있었다. 그러고 보면 우린 조금씩 비슷해져 있었다." 헤어져 있었지만 서로 연결되어 있었다.

멀리 가는 강

「홍천강」의 화자는 삶에 떠밀려 홍천으로 향한다. 유년 시절의 기억으로 가득한 곳에서 위로를 받고 싶다, 새로 시작하고 싶다. 여행 가기 전의 꿈에는 홍천강변에 서 있는 아버지가 등장한다.

> 꿈속에서 강가에 서 있던 아버지는 내게 힘내라고 어깨를 토닥여주었다. 한겨울 더끔더끔 두껍게 얼어붙은 강 아래, 흐르는 강물을 감싸안고 있는 얼음더께를 아버지에 비유한 어느 시인이 있다. 유리창 깨질 듯 울어대는 외풍 탓에 아버지의 가랑이로 시린 발을 밀어넣고 그 가슴팍에 벌레처럼 파고들어 잠이 들던 예닐곱의 아이. 그 아이가 어른이 되어 영하의 한강교를 지난다.
>
> —「홍천강」 중에서

아버지의 나이가 돼서야 아버지가 사무친다. 삶이 힘겹기는 그때의 아버지와 '나'가 다를 바 없다. 차들이 새로운 길로 향하자 아버지의 차 부속품 가게는 점점 손님이 뜸해졌더랬다. 낙심한 아버지는 술에 취하거나 싸움을 벌이곤 했다. 구치소에서 나와 서울로 올라간 이태 후에 아버지는 숨을 거뒀다. 유해는 한탄강에 뿌려졌다. "그 강물이 흘러 돌고 돌아 이곳 홍천강까지 왔을까."

> 강물은 어디로부턴가 흘러온 것이다. 햇빛이 물결 위에 반사되어 눈앞에 어룽거린다. 눈이 부셔 가늘게 뜬 눈으로 모래 둔덕 건너 강줄기가 갈라져 흐르는 곳을 바라본다. 언뜻 어울더울 흐르는 물결 속에 아버지의 모습이 환영처럼 나타났다 사라진다. 비가 와서 물이 불어도 아버지는 강 한가운데서 견지 낚시를 했다. 물살이 세서 아버지가 넘어지면 어쩌나 늘 마음을 졸였는데 아버지의 장딴지는 매우 단단해서 거뜬히 그 물살을 견디곤 했다. (…) 어릴 때 나는 아버지 같은 허벅지를 갖게 되기를 원했지만 키만 멀쑥하니 크다. 이곳에 내려오면 아버지를 닮을 수 있을까.
>
> —「홍천강」 중에서

강이 아버지와 '나'를 이어준다. 나이를 얼마나 먹든 사람은 다 누군가의 어린애였다. 돌아가신 아버지의 기억이 어른이 된 아이에게 손을 내민다. 홍천강변에서 '나'는 강물 속에 섰던 아버지의 기억을 떠올린다. 그렇게 휘청거리며 버티는 삶도 있다. 늪에 빠져 옴짝달싹 못하는 사람은, 지금 늪을 견뎌내고 있는 사람이다.

> 강물이 흐르고 있는 가장자리 모래밭에 나무 막대기로 글자를 쓰고 있는 어린 녀석이 있다. 그 녀석이 고개를 들어 강물을 바라본다. 홍천강은

유유히 흐르고 아이는 움직이지 않고 언제까지나 그곳에 있다.

—「홍천강」 중에서

침묵과 고백, 고통과 위로, 외로움과 다정함이 내는 모든 소리를 끌어안고 강은 멀리 간다.

작가의 말

내가 다닌 여고의 책상은 서랍이 덮개식으로 위에서 열게 되어 있었다. 학교는 기숙사가 갖춰진 곳이다. 집이 멀어서, 혹은 공부에 더욱 집중하고 싶어서 기숙사에 머무는 친구들은 밤새 쓴 편지를 내 서랍 안에 넣어두곤 했다. 아침 일찍 학교에 가서 그 편지들을 읽고는 쉬는 시간 틈틈이, 다 못 쓴 경우에는 야간자율학습 시간에 답장을 써서 친구의 손에 쥐어주고 나는 뒤도 안 돌아보고 황급히 집으로 돌아갔다. 친구가 내 앞에서 글을 읽는 게 무척 마음에 걸렸다. 아니, 자신이 쓴 글을 누군가에게 내보인다는 게 얼마나 큰 용기가 필요한 것인지 그때 이미 알고 있었기 때문이다. 우리들이 주고받은 글은 편지일 때도 있었고 어설픈 시가 될 때도 있었고 어느 날은 없는 이야기를 지어낸 것이기도 했다.

그로부터 아주 오래 걸어 멀리 왔다. 여전히 남에게 나를 내보인다는 것은 황망히 옷자락을 여며 달아나게 하는 일이다.

소설은 인간을 깊숙이 들여다볼 수 있게 한다. 선한 사람이 되기보다 온전한 사람이 되어야 한다는 융의 말처럼 작가는 눈에 보이는 착하고 밝은 부분만이 아니라 어둠 속으로 유폐된 그림자까지 기꺼이 껴안는 작업을 해야 한다. 그렇게 전일성을 회복하는 일이야말로 글쓰기가 할 수 있는 최고의 효용이 아닐까 싶다. 그동안 읽은 책 속의 수많은 주인공들과 현실세계에서 보아온 사람들의 삶의 모습이 내게 그 일을 하도록 부추긴다.

내가 쓴 여덟 편의 작품에는 밝음 쪽에서 호명 받지 못한 캐릭터들이 많다. 조각나고 해체된 가정으로부터, 나아가 학교나 사회로부터 상처받고 소외된 사람들. 특히 가장 편안하고 따뜻해야 할 가족공동체는 갈등과 상처의 집산지라고도 할 수 있다. 연일 뉴스에 나오는 사건사고들, 모두 그런 상처투성이의 사람들이 주인공인 현실이다. 현실은 소설보다 훨씬 더 참담하고 치명적이다. 문학이 이런 시대에 무엇을 할 수 있을지 의문을 제기하는 사람들도 있지만 상처받은 이들이 서로 어루만지고 화해하는 이야기를 주된 테마로 삼겠다. 그래서 진정한 관계는 세상에 나아가기 전, 힘을 북돋워주는 역할이라는 걸 말하고 싶다. 멈추지 않고 계속 쓰는 일이 최선일 것이다.

등단한 지 십여 년이 다 되어가는 지금 첫 번째 소설집을 펴낸다. 그동안 해왔던 이러저러한 일들이 글과 아주 관련 없지는 않았지만 심하게 돌아온 듯한 느낌을 지울 수 없다. 두 번째는 조금 더 빨라질 것이라 믿는다. 이 책은 마무리가 아니라 시작이다.

병원에 누워계신 엄마께 이 책을 드릴 수 있어 다행이다. 엄마는 늘 집으로 돌아가고 싶어하신다. 어느 날 벌떡 일어나 엄마의 집으로 돌아갈 수 있는 기적이 일어나기를 간절히 소망한다.

소설가 김연정 선생님께 감사드린다. 선생님께서는 평소에도 따뜻한 격려를 해주셨을 뿐 아니라 건강이 좋지 않았을 때도 내 소설을 읽고 조언을 해주셨다. 그리고 올해 초 우리 곁을 떠난 오랜 문우이자 스승이었던 김영애 시인께도 이 소식을 전한다.

끝으로 늘 거기 있어 내게 큰 힘이 되어주는 남편에게 고맙다는 말을 하고 싶다. 당신 덕분에 나는 또 길을 나설 수 있어. 돌아올 때마다 안온하게 맞아줘서 고마워요.

2018년 가을에

오은희

국립중앙도서관 출판예정도서목록(CIP)

말남의 방 / 지은이: 오은희. -- [서울] : 북인, 2018
p. ; cm

ISBN 979-11-87413-36-3 03810 : ₩13000

한국 현대 소설[韓國現代小說]

813.7-KDC6
895.735-DDC23 CIP2018036686

오은희 소설집

말남의 방

지은이_ 오은희
펴낸이_ 조현석
펴낸곳_ 북인
디자인_ 푸른영토

1판 1쇄_ 2018년 12월 05일
출판등록번호_ 313 - 2004 - 000111
주소_ 121 - 842 서울 마포구 서교동 467 - 4, 301호
전화_ 02 - 323 - 7767
팩스_ 02 - 323 - 7845

ISBN 979-11-87413-36-3 03810